シルベル
——姉であることに強いこだわりを持つ〈空隙の庭園〉の管理AI。

「なるほど。やはり罠でしたか」

「レベル1から冒険を始めねばならない道理もないということだ！」

烏丸黒衣《からすまくろえ》
——大きな秘密を抱える彩禍の従者。

ゲーム世界での職業は盗賊。

久遠崎彩禍《くおざきさいか》
——世界最強の魔女。

ゲーム世界での職業は魔術師。

不夜城瑠璃《ふやじょうるり》
──彩禍と兄である無色を
偏愛する魔術師。
ゲーム世界での職業は戦士。
「むしろ醜い駄肉を見せつけてごめんなさいとは思ってるから……」
「目に物見せてあげようじゃありませんか」
ヒルデガルド・シルベル
──〈空隙の庭園〉で技術部長を
務める魔術技師。
ゲーム世界での職業は大賢者。

GAME
「失敬。少し立ちくらみが」
「明日もまた、二人でゲームをしないかい？」

「わたしがここで働いているということは秘密だよ」
「……君には課外授業が必要なようだ」

「この格好、恥ずかしいから
あんまりなりたくないんだけど……」

CONTENTS

king Propose 6
silver gray colors fairy

王様のプロポーズ6

銀灰の妖精

橘 公司

ファンタジア文庫

3399

口絵・本文イラスト　つなこ

王様のプロポーズ

銀灰の妖精

King Propose 6
silver gray colors fairy

沈んでるときも、憂鬱なときも。
恥ずかしいときも、死にたいときも。
ネガティブなときも、ブルーなときも。
……うん、まあつまりはいつもなんだけど。

——ホントに一緒にいてくれる……？

序章　楽園風景《ゲームスタート》

――初恋の人は、『久遠崎彩禍《くおざきさいか》』だった。


同じクラスの彼女は、学校の中でも有名人だった。

容姿端麗、文武両道、才色兼備。水泳部のエースで、常にクラスの中心にいる。

正直、俺なんかとは住む世界の違う完璧超人だ。もちろん俺自身、積極的に関わろうとは思わなかったし、いつも遠くから眺めているだけだった。

でも俺が、いつも鞄《かばん》に付けているアニメキャラのキーホルダーを落としてしまったことから、全ては始まったんだ。

「――おや？　これは君のものかい？　ふむ、なかなかいい趣味をしている。実はわたしも好きなのだが、周りに話せる人間がいなくてね。よかったら少し話さないかい？」

彼女は、極彩《ごくさい》の双眸《そうぼう》を細めながら、楽しげにそう言った。

心臓が、聞いたことのない音を立てた。

――初恋の人は、『久遠崎彩禍』だった。


その日も俺は、いつものゲームセンターで格闘ゲームに興じていた。

勉強はさほど得意とは言えない俺だけど、これだけは誰にも負けない自信があった。今日も対戦相手を次々と倒していく。

と、そこで強敵が現れた。凄《すさ》まじい技巧のプレイヤーだ。

一戦先取されるも、精神を研ぎ澄まし、ギリギリのところで逆転勝利を決める。

やった！　と思ったそのとき、向かいの筐体《きょうたい》から、対戦相手が姿を現した。

着崩した制服にパーカー。首にかけたヘッドフォン。口にはフーセンガム。

間違いない。隣のクラスの久遠崎彩禍さんだ。周囲に人を寄せ付けず、いつも一人でいるため、ちょっと怖いイメージのある女の子だった。

でも――

「――ほう。やるね。まさかわたしを倒す者が現れるとは。面白い。また対戦しようじゃないか。連絡先を教えたまえ」

彼女はそう言って、スマートフォンの画面を示してきた。

——初恋の人は、『久遠崎彩禍』だった。

ある日俺は、ひょんなことから隣町の喫茶店に足を踏み入れた。すると——

「——お帰りにゃさいませ、ご主人様♡」

可愛《かわい》らしい猫耳を付けたメイド服姿の女の子がそこに立っていた。

どうやらそこは、猫耳メイドカフェだったらしい。

と、そこで俺は気づいてしまった。

出迎えてくれた猫耳メイドさんが、俺の顔を見てびっくりしていることに。

よくよく見るとそれは、優等生で通っている風紀委員長の久遠崎彩禍先輩だった。

なんで彼女がこんなところに？　そもそもうちの学校は校則でアルバイトが禁止されているはずじゃあ……

そんなことを考えていると、

「……これはまずいところを見られてしまったね。少々事情があってお金が必要なんだ。もし学校に秘密にしてくれるなら——他の人にはしないサービスをしてあげるよ？」

彼女は人差し指を立てながら、ぱちりとウインクをしてきた。

――初恋の人は、『久遠崎彩禍』だった。


放課後、写真部の活動で遅くなった俺は、一人ひとけのない校舎を歩いていた。

すると、曲がり角を曲がったところで、誰かとぶつかってしまった。

地面に、その人が持っていた書類が散乱してしまう。

俺は慌てて謝罪し、それらを拾い集めた。

が、そこで俺は手を止めた。

書類の中に、完成度の高いコスプレ写真が紛れ込んでいたんだ。

というかそのコスプレをしていたのは――

「……見たね？　わたしの秘密を」

なんと、教育実習生の久遠崎彩禍先生だった。

どうやら真面目そうな彩禍先生は、コスプレが趣味だったらしい。

「見られてしまったものは仕方ない。だが、学校の皆には秘密にしておいてもらえるかな。

ところで――君、カメラマンに興味はないかい？」

照れくさそうに言う先生に、俺はドキッとしてしまった。

◇

「――――」

突然、怒濤《どとう》の如《ごと》く無色《むしき》の脳に注ぎ込まれた情報の奔流。

あり得るはずのない景色。

その情景《イメージ》の群れに押し流されるように、無色は意識が遠のいていくのを感じた。

第一章　忍び寄る《ホラー》

「──うん。素晴らしい香りだ。また腕を上げたね、黒衣《くろえ》」
久遠崎《くおざき》邸の前庭で、玖珂無色《くがむしき》は優雅にティーカップを傾け、そう言った。
お茶を飲むときの所作には、特に気を遣っている無色である。
背筋は曲がらぬように。
カップの持ち手《ハンドル》に指を通さぬように。
カップをソーサーに落ち着けるとき音を立てぬように。
──そしてそれらを、意図して行っていると思われぬように。
マナーを守ろうとしているのではなく、スマートな作法が自然と身に付いている。
見る者にそう思わせて初めて、久遠崎彩禍《さいか》の所作となるのである。
「……、恐縮です」
テーブルの側《そば》に控えた黒髪黒目の少女が、小さく頭を下げながら返してくる。
名を烏丸《からすま》黒衣。無色のクラスメートにして、久遠崎彩禍の侍従である。今はその手に、瀟洒《しょうしゃ》な意匠の施されたティーポットを握っていた。

「ん？」

と、無色はそこで小さく首を傾《かし》げた。

常に冷静な黒衣の目に、微《かす》かな戸惑いの色が浮かんでいるような気がしたのである。

「どうかしたかい？　わたしの顔に何か付いているかな？」

「いえ、そういうわけでは」

切れ味鋭く歯に衣《きぬ》着せぬ黒衣にしては珍しく、どこか歯切れ悪くそう言う。

無色は不思議そうな顔を作ると、向かいの椅子に腰掛けた少女の方に目をやった。

「珍しいこともあるものだ。瑠璃《るり》もそうは思わないかい？」

「え、ええと……」

無色が言うと、その少女もまた、何やら落ち着かない様子で返してきた。

二つ結びの長い髪に、勝ち気そうな双眸《そうぼう》。無色の妹・不夜城《ふやじょう》瑠璃だ。無色と同じように紅茶の注がれたティーカップを手にしているのだが、何か気になることがあるのか、口を付けようともしていない。

「おや、お気に召さなかったかな？　とっておきのダージリンだったのだが」

「や、そんなことはないけど……」

瑠璃は困惑するように言うと、しばしの逡巡《しゅんじゅん》ののち、続けてきた。

「あの、一ついい？」

「なんだい、瑠璃」

「なんで今日はそんな大仰な喋《しゃべ》り方なの、無色？」

「えっ？」

言われて、無色は思わず声を裏返らせてしまった。

その拍子に、カップをソーサーの上に落とし、がちゃんと無作法な音が鳴ってしまう。

しかし今の無色に、それを気にする余裕はなかった。ペタペタと自分の頬を触ったのち、カップを覗《のぞ》き込む。

波紋の広がったルビー色の水面《みなも》に、少年の顔が映る。年の頃は一七歳くらいだろう。よく言えば優しげ、悪く言えばどこか頼りない印象の相貌であった。

「…………」

間違いない。無色本来の顔だ。

無色はしばしの間ぐにぐにと頬を捏《こ》ねたあと、ゆっくりと顔を上げた。

「……ごめん。間違えた」

「何を!?」

無色が言うと、瑠璃がテーブルをバンと叩《たた》きながら声を上げてきた。

まあ、彼女の気持ちもわからなくはない。仮に無色が逆の立場だとしても、ひどく困惑していただろう。

しかし、無色にも事情があった。

数ヶ月前、瀕死《ひんし》の彩禍と融合した無色は、あるときは玖珂無色、またあるときは久遠崎彩禍として、二重生活を送っていたのである。

今は少し考えごとをしていたため、その所作や口調が混ざってしまったのだ。

「…………」

黒衣が、刺すような視線を送ってくる。

言葉は一言も発していないのだが、その目は雄弁に「何をしているのですか」「迂闊《うかつ》にもほどがあります」「これはあとでお仕置きが必要なようだね……」と訴えかけているように思われた。最後のは少し妄想が混入してしまったかもしれない。

瑠璃も、無色と彩禍が融合した状態にあること自体は承知している。が、身体《からだ》が彩禍モードのときは意識も彩禍のものだと思っているため、無色が彩禍を演じていることがバレると面倒なことになってしまう。無色はどうにか誤魔化そうと思案を巡らせた。

「これは、その……事情があるんだ」

「どんな事情よ」

「ええと、こっそり練習していた彩禍さんの真似《まね》がうっかり出ちゃって……」

「無色さん？」

無色が言い訳を述べると、黒衣が咎《とが》めるような口調で名を呼んできた。そんな滅茶苦茶《めちゃくちゃ》な言い訳が通るはずがないでしょう、とでも言うように。

だが。

「──ああ、なんだ。そういうこと」

瑠璃が、納得したように息を吐く。

黒衣が無表情のまま、ガタッとテーブルに突っ伏しそうになった。

「わっ、大丈夫ですか黒衣」

「寝不足？　気をつけなさいよ」

「……大丈夫です。それより、なぜそれで納得するのですか」

黒衣の言葉に、瑠璃は不思議そうに腕組みした。

「なぜって……魔女様の喋り方を真似るくらい、誰でも一度はしたことあるわよね？」

「ありません」

「そうなの？　地域差かしら」

「そんな地域があってたまりますか」

黒衣が半眼で言うも、瑠璃は大して取り合わず、そのまま優雅な仕草で足を組んだ。

そして涼しげな流し目を作りながら、ふっと微笑《ほほえ》んでみせる。

「――そう頑《かたく》なになるものではないよ、黒衣。世界は君が思うより広いものさ」

瑠璃が少し低くした声音で、そう言う。

その所作は、口調は、見事に彩禍を再現していた。無色は思わずぐっと拳を握った。

「上手《うま》い……！　特に足の角度が完璧だ！」

「ふ。さすが無色だ。そこに気づくとは」

彩禍然とした調子で、瑠璃が返してくる。

それを見ているうちに、なんだか無色はうずうずしてきてしまった。瑠璃と同じように悠然と構え、唇の端を上げてみせる。

「――お褒めにあずかり光栄だ。君こそ見事な仕上がりだよ」

「そちらこそ。余程わたしを観察していなければその域には至れない」

「ふふふふふ」

「ふふふふふ」

無色と瑠璃が、不敵な表情で微笑み合う。

「…………」

黒衣が、なんとも言いがたい表情でそれを見つめていた。

と、それからどれくらい経《た》った頃だろうか。その妙な雰囲気を掻《か》き消すように、瑠璃のスマートフォンが軽快な着信音を響かせた。

「もしもし？　どうかしたかな？　……って、いや、間違いじゃないってば。私よ私」

瑠璃は彩禍の口調のまま電話に出たのち、すぐにいつもの調子に戻ってそう続けた。

たぶん、電話口の相手に勘違いされてしまったのだろう。

「──ん。ああ、わかった。はいはい」

瑠璃はそのまま幾度か言葉を交わすと、電話を切った。

「誰から？」

「緋純《ひずみ》。『巡魂祭《じゅんこんさい》』の準備、人手が足りないから手伝ってほしいって」

言って瑠璃がスマートフォンをポケットに戻す。

巡魂祭とは、確か今月〈庭園《ていえん》〉で行われる行事の名だ。病や事故、滅亡因子との戦いなどで、志半ばにして散っていった魔術師たちの鎮魂を祈る祭事である。そういえばクラスメートの嘆川《なげかわ》緋純は、その実行委員だった気がする。

「無色と黒衣も、もし時間あったら手を貸してあげてくれない？」

「あ、うん。大丈夫ですよね、黒衣」

「はい」

黒衣は首肯しながら答えると、「ただ」と言葉を続けた。

「わたしと無色さんは用事があるので、瑠璃さんは先に行っていていただけますか？」

「用事？」

「はい。大した用件ではありません。すぐに追いつきます」

瑠璃は怪訝《けげん》そうな表情を作ったが、やがて小さく息を吐きながら肩をすくめた。

「……まあいいわ。中央学舎の大講堂よ」

瑠璃はそう言うと、「じゃ、またあとで」と手を振って、久遠崎邸の庭をあとにした。

「さて」

その背を見送ったのち、黒衣が小さく吐息し、無色の方を見てくる。

なぜだろうか。そこはかとなく嫌な予感がして、無色は椅子から立ち上がろうとした。

が、その瞬間、黒衣にガッと肩を押さえつけられてしまう。

「え、ええと、黒衣？」

無色が汗を滲《にじ》ませると、黒衣はずいと顔を近づけながら目を細めてきた。

「──何かわたしに隠していることがあるのではないかな、無色？」

そして、先ほどまでとは異なる様子でそう言ってくる。その口調は、彩禍《さいか》を真似た瑠璃や無色《むしき》に酷似していた。

とはいえ、彩禍の物真似《ものまね》をしているというわけではない。──彼女こそが、〈空隙《くうげき》の庭《てい》園《えん》〉学園長にして、世界最強の魔術師。本物の久遠崎《くおざき》彩禍その人であったのだ。

無色は数瞬の間目を泳がせると、観念したように息を吐いた。

「……実は彩禍さん状態のとき、こっそり手形と足形を取ったことが……」

「そういうのではなく」

無色の告白を、黒衣《くろえ》──彩禍はぴしゃりと遮った。

「君が、自分とわたしの言動を間違うなど珍しい。思えば、ずっと何かを考えているようだったね。教えてくれるかな。君がそこまで心を砕く事柄とは一体なんだい？」

「それは──」

問われて、無色は口ごもった。

理由は単純。言動の選択を間違えてしまったのは、彼女の言うとおり無色が『とあること』に気を取られていたからだったのだ。

〈──永きに亘《わた》る〈世界〉の維持で、彩禍の身体は、限界を迎えつつある。

恐らくは、保《も》ってあと半年といったところじゃろう）

丹礼島《にらいとう》の温泉でエルルカから告げられた言葉が、頭の中にこだまする。

そう。無色は先日、突然に過ぎる彩禍の余命宣告を受けてしまっていたのである。

「それは？」

彩禍が興味深そうに無色の目を覗き込んでくる。まるで心の中までも見通されてしまいそうな心地になって、無色は思わず目を逸《そ》らした。

彩禍の心身にどのような影響が出るかわからないということで、詳しい調査と検査が終わるまで、本人にはこの事実を伝えないよう、エルルカに言い含められている。

しかしだからといって、彩禍に虚言を吐くような真似はできない。

苦慮の果て、無色が出した結論は——

「……言えません。今は、まだ」

一切を偽らず、素直にそう伝えることだった。

「ほう？」

無色の言葉に、彩禍が眉を歪《ゆが》める。その表情は、無色が見せた僅かな反抗に驚いているようにも見えたし、面白がっているようにも見えた。

「君のことだ。きっとそれが、わたしのためになるという確信があるのだろうね」

「はい」

その回答に、逡巡《しゅんじゅん》は必要なかった。今度は彩禍の目を真《ま》っ直《す》ぐ見据え、答える。

あまりに迷いがなさ過ぎたからだろう。彩禍がふっと苦笑を浮かべた。

「そうか。ならば、今はそれ以上聞くまい」

「……すみません」

「いいさ。もしも君に裏切られるようなことがあるなら、わたしの器量がそれまでだったというだけだ」

「そんな、俺が彩禍さんを裏切ることなんて」

「わかっているよ。だから、信じると言っているのさ」

彩禍はそう言うと、無色の肩から手を離した。

気負いのない、気安げな言葉。けれど無色はその一言に、途方もない感動を覚えた。図らずも目にじわりと涙が滲んでしまう。

そんな無色の様子に気づいてか、彩禍はもう一度苦笑すると、話を変えるように言葉を続けてきた。

「ところで」

「はい」

「手形と足形なんて何に使うんだい？」

「あっ、興味ありますか？」

「……いや、今度にしよう」

無色がにわかに勢いづくと、面倒事を察したように彩禍が小さく頭を振った。

「──今は、瑠璃《るり》さんを待たせていますし」

そして言葉の途中で、すっと無表情になる。

それだけで学園長・久遠崎彩禍は、侍従・烏丸《からすま》黒衣へと変貌した。

「さて、では参りましょう無色さん。確か中央学舎の大講堂でしたね。今度はあまりぼうっとされていては困りますよ。あのような言い訳が通じるのは瑠璃さんくらいです」

「はい。注意します」

無色は素直に答えると、黒衣とともにその場をあとにした。

〈庭園〉の各所に設置されている園内移動用の扉を通り、中央エリアへ。ほどなくして、中央学舎・大講堂に辿《たど》り着く。

部屋の中には既に、幾人もの生徒たちがいた。皆机の上に紙を広げ、丁寧な手つきで何かを認《したた》めている。

「あ、玖珂《くが》くん！　烏丸さんも！」

と、そんな中、一人の女子生徒が無色たちの来訪に気づき、声をかけてきた。肩口をくすぐるくらいの髪に、柔和《にゅうわ》な面立ち。無色のクラスメート、嘆川緋純である。

「よかった。全然手が足りなかったの。ほら、座って座って！」

緋純がそう言いながら、無色たちを机の方へと促してくる。その表情には、どこか安堵《あんど》したような色と、せっかく増えた働き手を逃がしてなるものかという焦燥が同居しているように思われた。

「ああ、来たわね二人とも」

無色たちが案内された席の隣には、瑠璃の姿があった。既に作業に入っているらしく、慣れた様子で紙に紋様を認めている。

無色たちが席に着くと、そこに綺麗な紙と、年季の入ったペンが用意された。

「ええと、これは……」

「巡魂祭に使う魂魄灯《こんぱくとう》用の紙だよ。ペンの中には魔力感応インクが込められてるから、それを使ってお手本の通りに構成式を書き込んでちょうだい」

言いながら、緋純が教本のようなものを無色の前に開く。そこには、文字とも模様ともつかない複雑な紋様が記されていた。

「こ、これを？」

「うん。ここまでが発光で、ここからが浮遊用の構成式。この辺の角度とか注意してね。間違えると変な色に光ったり、明後日《あさって》の方向に飛んでいっちゃったりするから」

と、簡単な説明を終えたところで、緋純が何かを発見したように、前方の席を向いた。

「――あ、こら。そこサボらない。本番まで時間ないんだから」

どうやら作業中の生徒が、机の下でスマートフォンゲームを起動させようとしていたらしい。見とがめられた生徒が、気まずそうに苦笑する。

「えー、ちょっとだけ駄目？　今日まだログインできてないんだけど……」

「だーめ。ノルマが終わったらね」

「はーい……」

言われて、生徒が渋々スマートフォンをしまい込む。緋純はやれやれと腕組みした。

「もう、油断も隙もないんだから」

「あはは……ご苦労様」

「ホントだよ。なんか、ちょっと前からアルジェントなんとかってゲームが流行《はや》ってるらしくて、こっちの目を盗んではサボる人が多くて困ってるんだよね」

「ああ……」

聞き覚えのある名である。無色は思い起こすように呟《つぶや》いた。

確か少し前に無色も級友に誘われたが、そのときはちょうど瑠璃と彩禍カードゲームの改良を行っていたため丁重に断っていたのだった。

「玖珂くんや烏丸さんは心配してないけど……ながら作業してるとミスが出やすいから気をつけてね？」

「り、了解……」

無色はこくりとうなずくと、ペンを手に取り、慎重に紙に紋様を描いていった。

「これは……なかなか緊張しますね。一体どれくらい書くんです？」

「そうですね。だいたい三〇〇〇枚ほどでしょうか」

「そんなに」

事も無げに言ってくる黒衣に、無色は汗を滲ませながら返した。

すると黒衣は、綺麗《きれい》な所作で紋様を綴《つづ》りながら続けてくる。

「彩禍様は効率性を重視される方ですので、全部印刷にすればよいのではないかと提案されたこともあるのですが」

「ですが？」

「死者の鎮魂を願う祭具にまで効率性を求めるのは如何《いかが》なものかという意見が多く」

「……なるほど」

無色は苦笑とともにそう言った。……確かに、反対意見を述べた者たちの気持ちもわからなくはない。

が、それと同様に、彩禍の意見も十分理解できた。確かに情緒に欠けるところはあるかもしれないが、それにかける時間があるなら、その分少しでも技を磨いて次なる戦いに備えることこそが世界のために、ひいては志半ばで散っていった同胞たちのためになると考えているのだろう。久遠崎彩禍という女性は、単に手間を省くためだけにそのようなことを言い出す人ではないという確信があった。

けれどそう思いつつも、自分の意見を押し通すことはせず、反対派の気持ちに理解を示す機微をも備えている。人は道理だけでは動かない。きっと皆の心に折り合いを付けることが、結果的に〈庭園〉にとってプラスになるという判断もあったのだろう。

なんという寛大な心と冷静な判断力。無色の頬に、ツゥ……ッ、と熱い涙が零《こぼ》れた。

「さすがです、彩禍さん」

「今泣くような要素ありました？」

黒衣は呆《あき》れたように言うと、黙々と作業に戻った。

それに倣《なら》うようにして、無色は手の甲で涙を拭うと、構成式の記述を再開した。

文字や紋様を物品に刻み、それに魔力を流すことによって効果を得る、所謂《いわゆる》第三世代魔術の構成式だ。コンピュータを用いる第四世代魔術のような複雑な構成はできないが、その分シンプルかつ頑強で、万人に扱いやすい利点があるという。

まあ、扱いやすいといっても、新米魔術師である無色《むしき》にとっては、構成式の意味を読み取ることさえ困難ではあったのだけれど。

と、作業を続けること数分。微《かす》かな物音を察知して、無色は顔を上げた。

「ん……？」

見やると、先ほど無色たちが入ってきた扉が、ほんの少しだけ開いていることがわかる。

そして、その僅かな隙間から、何者かが部屋の中を覗《のぞ》いているような気配があった。

「何かご用ですか？」

「…………！」

なんとはなしに無色が言うと、僅かに開いていた扉が、勢いよくバタンと閉じられた。

突然のことに、目を丸くしてしまう。

「何、どうしたのよ無色」

「いや、今誰かが部屋を覗いてたんだけど……」

無色が瑠璃の問いに頬をかきながら答えると、またもそろそろと扉が開き始めた。

そして、先ほどよりもほんの少しだけ広く開いた隙間から、キラリと光るものが見える。たぶん、眼鏡のレンズだ。

「ええと、何か」

「…………！」

無色が声をかけると、扉は再度閉じられた。

そしてまた数十秒後。恐る恐るといった調子で、扉が少しずつ開かれていく。

「あの」

「…………！」

無色の声に、またもビクッと扉が震える。

が、今度は同じ結果にはならなかった。

「何度同じくだりを繰り返すつもりですか」

理由は単純。見かねた黒衣《くろえ》が、扉が閉まる前にノブをグッと引っ張ったからだ。

「わ、わわわ……っ！」

バランスを崩して倒れ込んできたのは、二〇代前半くらいの女性だった。

長い長い銀髪に、日頃あまり日の光を浴びていないことを思わせる生白い肌。整った顔立ちをしてはいるのだが、眼鏡に覆われた双眸《そうぼう》は卑屈そうに歪《ゆが》んでいる。長身に、暴力的とも言えるプロポーション。けれどそれらの要素さえも、露出を嫌うかのように身体《からだ》に纏《まと》わり付いた漆黒のドレスと、猫背気味の姿勢によって曖昧に誤魔化されている。

「ヒルデさん！　何してるんですかそんなところで」

無色が言うと、女性――〈庭園〉技術部長ヒルデガルド・シルベルは、曖昧な笑みを浮かべながら目を泳がせてみせた。

「や……あの……、ふぇひっ……」

図らずも皆の注目を浴びてしまったヒルデガルドは、居心地悪そうに身じろぎしたのち、

「……なんでもないです。お邪魔しました……」

か細い声でそう言って、肩をすぼめながら大講堂をあとにしようとした。

が、その瞬間、黒衣にガッと肩を摑《つか》まれる。

「何を帰ろうとしているのです、騎士ヒルデガルド。手伝いにきたのでしょう？」

「ひ……ひぃん……」

ヒルデガルドは蚊の鳴くような悲鳴を上げながら、ざりざりと黒衣に引きずられ、半ば強引に席に着かされた。

待ってましたと言わんばかりに、緋純《ひずみ》が机の上に紙とペンを用意する。

「助かります、ヒルデさん。さ、一緒に頑張りましょう」

「あ……う、うん……」

力なくうなずくヒルデガルドだったが、作業をすること自体に異存はないらしい。特に不満を囀《さえず》ることもなくペンを手に取り、構成式を記していく。

「おお……」

その手技を見て、無色は思わず感嘆の声を漏らしてしまった。

卑屈そうに歪んだ目も、お世辞にもいいとは言えない姿勢もそのままだったのだが、ヒルデガルドの描く構成式は、まるで輝きを帯びるかのように美しかったのである。

「凄《すご》いですね。こんなに綺麗に構成式を……」

「…………」

「騎士ヒルデガルド。今あなたが褒められているのですよ」

「へ……っ⁉」

黒衣がぽつりと耳打ちすると、ヒルデガルドは今それに気づいたようにビクッと肩を震わせた。自分が褒められるということ自体が思考の埒外《らちがい》にあったかのような様子だ。

「……そ、そうかな……？」

「はい。凄く綺麗です。どうやったらそんな風に書けるんでしょう」

無色が素直に賞賛を述べると、ヒルデガルドは褒められて嬉《うれ》しいような、恥ずかしいような、それでいてその言葉を疑《うたぐ》るような複雑な表情を浮かべた。

するとそんなヒルデガルドに代わるように、隣の瑠璃《るり》が返してくる。

「そりゃあ、仮にも〈庭園〉の技術部長だからね。魔術技師《ソーサリー・エンジニア》としての腕は超一流。専門の第四世代魔術はこんなもんじゃないわよ」

「なるほど。頼もしいです」

「や……あの……ふぇ、ふぇひひ……」

「無色さん、瑠璃さん。それくらいにしてあげてください。せっかくの構成式が乱れてしまいます」

黒衣が淡々とした調子で言ってくる。見やると、ヒルデガルドの震え声に合わせて、美しい構成式に微かなブレが生じ始めていた。

「あ」

「すみません。作業に戻ります」

二人は素直にそう言うと、席に着いて再度ペンを走らせ始めた。

「──でも、なんだか珍しいですね」

「……な、何が？」

「や、ヒルデさんって、あんまりこういう行事に参加するイメージがなかったので。やっぱり人手が必要だから駆り出されたんですか？」

「あ……いや……それもなくはないけど……」

ヒルデガルドが消え入るような声で言うと、そのあとを継ぐように黒衣が視線を寄越してきた。

「確かに騎士ヒルデガルドはあまり園内行事に参加されません。魔術師養成機関の対抗戦さえ、会場には現れず、自室のモニタから観戦しているほどです。それどころか外に出歩くこと自体が珍しいため、〈庭園〉の生徒からは騎士ヒルデガルドを見かけたら幸運、もしくは不運が訪れると噂《うわさ》されているとか」

「う、うう……」

ヒルデガルドが力なく顔を俯《うつむ》ける中、「ただ」と黒衣が続ける。

「この巡魂祭《じゅんこんさい》だけは、一度も欠席されたことがありません」

「そうなんですか？」

無色が問うと、ヒルデガルドはしばしの無言のあと、小さくうなずいた。

「……私、妹がいたの。病気で死んじゃったけど……」

「————、そうだったんですか。すみません、そうとは知らず無神経なことを」

「あ……ううん。気にしないで。もう随分昔の話だし」

ヒルデガルドは手と首をブンブン振ったのち、頬をかいた。

「……別に死後の世界とか信じてるわけじゃないし、こんなものを空に飛ばしたところであの子に届くなんて思ってないけど……なんでだろ、この行事だけは……続けてる。たぶん、自己満足なんだろうけど」

言いながら、ヒルデガルドが苦笑する。

無色がなんと答えたものかと迷っていると、黒衣が淡々と声を発した。

「別に、それで構わないと思いますが」

「……え？」

「行事の体裁《ていさい》上、あまり表だって言えることではありませんが、わたしは巡魂祭とは、死者のためではなく、残された者のために行うものだと思っています。

少なくとも、あなたの作った魂魄灯《こんぱくとう》を見て、救われた気持ちになる人が一人でもいるのなら、その行為は決して無駄にはならないでしょう」

「黒衣ちゃん……」

黒衣の言葉に、ヒルデガルドはじぃん……と感じ入るように目を細めた。

「優しい……好き……」

「理解を示されただけで懐《なつ》かないでください」

黒衣が半眼を作り、犬を追い払うかのような仕草をする。ヒルデガルドが寂しそうにしょぼんと肩を落とした。

人見知りが激しくコミュニケーションが不得手なヒルデガルドだが、その分心を許した相手にはどっぷり依存しやすいようだ。なんとも危うい性格である。無色は苦笑しながら、ヒルデガルドの気を逸《そ》らすように話を続けた。

「妹さんも魔術師だったんですか？」

「あ……うん」

無色の問いに、ヒルデガルドは小さくうなずいて答えてきた。

「あの子も……第四世代魔術が専門の魔術技師《ソーサリー・エンジニア》だった。二人で彩禍《さいか》ちゃんにスカウトされて〈庭園〉に来て……ここの管理を任されてたんだ」

「へえ。ヒルデさんの妹さんってことは、やっぱり優秀だったんですか？」

なんとはなしに無色が言うと、ヒルデガルドはどこか遠い目をした。

「……優秀なんてものじゃなかった」

「え？」

「あの子は……天才だった。私なんて、比較対象にさえならないよ……」

自嘲気味に言うヒルデガルドに、無色は汗を滲《にじ》ませながら返した。

「そんな。ヒルデさんだって凄いじゃないですか。ヒルデさんの作ったシルベルは今も〈庭園〉を管理してますし……」

無色《むしき》の言葉に、ヒルデガルドは頭を振った。

「確かにシルベルを作ったのは私だけど……その元となった自己学習ＡＩのプロトモデルは、エデル——妹との共作なんだ。私の把握できてないブラックボックスも幾つかある。エデルがいなければ、そもそもシルベルも生まれてないよ」

「そうなんですか……？」

「……私が一〇〇パーセント設計してたら、あんな外見と性格にはしないし……」

「あー……」

と、凄《すさ》まじく説得力のある言葉に、無色が複雑そうな顔をした、次の瞬間であった。

『おやおやー？　もしかして今お姉ちゃんのことを呼びましたか～？』

そんな声が部屋に響き渡ったかと思うと、無色たちの目の前に、巫女《みこ》を思わせる装束を纏った女性が姿を現した。

長い長い銀髪に、抜けるように白い肌。その面は、ヒルデガルドに瓜二つ《うりふた》だった。

今し方話題に上った〈庭園〉管理ＡＩ『シルベル』である。

「シルベル——姉さん」

無色は目を丸くしながらその名を呼んだ。

ちなみに当然ではあるが、シルベルは無色の姉ではない。

ただ、シルベルには謎の人格マトリクスが形成されており、こう呼ばねば返事をしてくれないのだった。管理ＡＩとしてそれはどうなんだろうと思う無色ではあった。

『はぁい。お姉ちゃんに何かご用ですか？』

「いや、誰も呼んでないし……」

うんざりした様子で言ったのはヒルデガルドだった。顔も体型もそっくりなのだが、表情と姿勢が違うだけでだいぶ印象が異なって見えるのだから不思議なものである。

ちなみに当のシルベルはというと、

『あっ、どうも……ヒルデガルドさんもいたんですね。お元気そうで何よりです』

ヒルデガルドの顔を見るなり、スン……と表情を失い、事務的な口調で挨拶をした。

「なんかまた私にだけ塩対応だしぃ……！」

ヒルデガルドが渋面を作りながらバンバンと机を叩《たた》く。相変わらずのやりとりに、無色は思わず苦笑してしまった。

「シルベル姉さんはまだヒルデさんのことが苦手なんですか？」

『そういうわけじゃありませんけどぉ……シルベルは全人類のお姉ちゃんなので、立場的に私より年上になりそうな人の話題はNGなんですよね。あとやっぱり、双子でもないのに自分とまったく同じ顔の人がいるってちょっと怖いっていうか』

「勝手に真似《まね》したのそっちでしょぉ……⁉」

納得いかないといった様子でヒルデガルドが不満げな声を上げる。人見知りで引っ込み思案なヒルデガルドでも、さすがに自分の作ったＡＩとは普通に話せるらしい。なんだか新鮮なリアクションではあった。

シルベルは、『冗談です』と、ヒルデガルドの気勢を抑えるように手を広げた。

『確かに年上に敏感なシルベルですが、最近は「お姉ちゃんが欲しい」という叶《かな》わぬ夢を抱き続けた技術者が、努力の末お姉ちゃんＡＩを作り上げた」という妄想で乗り切っています。――だからあなたも、立派なシルベルの妹ですよ、ひーちゃん』

「……それはそれでなんだか微妙な感じなんだけどぉ……」

シルベルの言葉に、ヒルデガルドが難しげに唇を尖《とが》らせる。

そんなやりとりに、無色は思わず苦笑してしまった。

「そういえば、そもそもシルベル姉さんは、どうしてインターフェースボディを作るとき、ヒルデさんをモデルにしたんです？」

『え？』

ふと、前々から思っていたことを聞いてみると、シルベルはキョトンと目を丸くした。

『うぅん……難しい質問ですねえ。別に意図したわけではないというか、気づいたらこうなっていたというか……自動的に制作者《ビー》を模すようプログラムされていた感じです』

「そんなプログラムした覚えないんだけど……っていうか今なんでピー音入ったの⁉」

『すみません。センシティブワードだったので』

「人を猥褻《わいせつ》物扱いしないでほしいんだけど……⁉」

ヒルデガルドが憤然と声を上げる。日頃大声を発さないためか、妙に上擦っていた。

そんな会話を聞いてか、瑠璃が作業を続けながら視線をそちらにやる。

「ヒルデさんがプログラムしてないってことは、例のプロトモデルのブラックボックスに関係あるんじゃないですか？」

「え……」

言われて、ヒルデガルドは目を丸くした。

「……確かに。エデルは面白そうだと思ったこと全部やっちゃうタイプだったから……」

『なるほど、えーちゃんならやりかねません』

「シルベル姉さんも、妹さんのこと知ってるんですか？」

無色が問うと、シルベルは難しげな顔をして腕組みした。

『残念ながら、直接お会いしたことはありません。データーベース上の記録で知っているだけです。ひーちゃんの実妹だけあって髪の色も顔立ちも私によく似ていて……一度お会いしたかったです。本当に……一度だけでも………グゥゥゥッ！』

シルベルが心底悔しげに叫びを上げる。さすがは自称全人類のお姉ちゃん。自分のモデルになった人間のリアル妹に対する憧憬は尋常でないらしかった。魂の慟哭《どうこく》だった。

『──すみません、取り乱しました。さて、本当に何もないなら失礼しますが──』

言いながら、シルベルがその姿を消そうとする。

が、そこで緋純《ひずみ》が、何かを思い出したように手を挙げた。

「あっ、シルベル姉さん。ちょっといい？」

『はぁい、なんですか？』

シルベルがパァッと表情を明るくし、アクロバティックな姿勢で緋純の方へと顔を寄せる。頼られたことが嬉《うれ》しくて仕方ないといった様子だった。

緋純はそんなオーバーリアクションに苦笑しながらも、あとを続けた。

「実は巡魂祭実行委員が何人か来てないんだけど、探してもらえないかな……？　電話にも出ないし、メッセージにも既読が付かないんだ」

『ふむ……ここにいない実行委員となると、はーくんやなっちゃんですね』

シルベルは周囲を見回すような仕草をすると、腕組みしながら続けた。

『もちろんシルベルはスーパーお姉ちゃんなので、可愛《かわい》い弟妹たちの現在位置はスマートフォンから簡単に割り出せますけど、プライバシーというものがありますので……』

「そこをなんとか。お願い、お姉ちゃん♡」

渋るシルベルに、緋純が手を合わせ、上目遣いで甘えた声を発する。

するとシルベルが、『んもー』とどこか嬉しそうに身をくねらせた。

『仕方ないですねぇ。今回だけですよぉ？』

「いいんだ……」

「いや駄目でしょ……」

「私の顔で変なことしないでほしいなあ……」

妹に甘すぎるシルベルに無色たちが言うも、シルベルは『ちっちっち』と返してきた。

『みんなが使っている端末は〈庭園〉から支給されたものですよね？　利用規約の中に、緊急時における位置情報利用を許可する条文が含まれています。こういう文章は面倒でも全部読まないといけませんよ～？』

無色たちが、「えっ、そうだっけ」「そういえばあったような……」と言葉を交わしていると、シルベルは何やら神経を集中させるように目を伏せた。

そして数瞬小さくうなったのち、再度目を見開く。

『ぴこーん。判明しました。はーくんもなっちゃんも、寮の自室にいるみたいですね。しかもどうやら、スマートフォンでゲームをしていた形跡があります』

その回答に。

「……………ふうん？」

緋純が静かに微笑《ほほえ》みながら、信じられないほど冷たい声音でそう言った。

「寮の部屋で？　ゲームを？　この忙しい時期に？　へえ……そうなんだ」

語調だけは優しげな調子で、続ける。

「そっかぁ。そういえば宗方《むなかた》くんも間淵《まぶち》さんも、最近よくゲームやってたっけ。よっぽど面白いんだろうね。作業中にも人目を盗んで机の下で遊んでたくらいだから。何回も何回も注意したのに、やめないどころか、ついに仕事の方すっぽかしちゃったかー」

瞬間、みしり、と小さな音がする。なんの音だろうと思って見やると、緋純の握っていたペンがくの字に折れ曲がり、紙にぽたぽたとインクが垂れていることがわかった。

「ひっ……」

「あれ。ペンが劣化してたのかな。紙を汚しちゃった。気をつけないと。ただでさえ人手も時間も足りないのに。でも大丈夫。私頑張る。私が頑張ればなんとかなるんだから」

表情も口調も穏やかなままなのに、なぜかただならぬ悪寒《おかん》を感じて、無色はぶるっと身を震わせた。

「……あ、あの、嘆川《なげかわ》さん。俺、ちょっと寮まで行って宗方くんを呼んでくるよ」

なんだかこのままにしておいてはまずい気がした。恐る恐る手を上げ、提案してみる。

すると緋純が、手に付いたインクを拭いながら表情を明るくしてきた。

「え？　本当？　助かるよ。じゃあお願いしていいかな？」

「う、うん。任せて」

言って、椅子から立ち上がる。

するとそれに合わせるようにして、瑠璃《るり》と黒衣《くろえ》もまた席を立った。

「一人じゃ大変でしょう無色！　私も一緒に行ってあげるわ！」

「そうですね。何が起こるかわかりません。わたしも同行します」

「え。いや別に、それくらい一人で大丈――」

言いかけて、無色は言葉を止めた。二人の視線が「この空気の中で作業していたくない」と訴えかけてきていたのである。

二人の気持ちは痛いほどわかったし、あまり問答を続けていると緋純の気が変わるかもしれない。無色はそれ以上の言葉を呑《の》み込んで大講堂の出入り口へと向かった。

ちなみにヒルデガルドも涙目になりながら視線を送ってきていたのだが、生来の気弱な性分が災いしてか、何も言い出せないようだった。

……かわいそうに思わなくもなかったが、作業の主戦力であるヒルデガルドはさすがに見逃してくれないだろう。無色《むしき》は心の中で詫《わ》びながら扉を開けた。

「あ、玖珂《くが》くん」

「な……何？」

と、そこで背に、緋純の声がかけられる。無色は小さく肩を震わせながら答えた。

「手さえ動けば大丈夫だから」

緋純がにこやかに言ってくる。無色は引きつったような苦笑を浮かべながら返した。

「……ど、どういう意味……？」

「他意はないよ？　うちの医療部は優秀だし。――私も作業が一段落したら、間淵さんの様子見てくるね」

「…………」

無色はなんと答えればよいかわからず、曖昧に誤魔化すようにして大講堂を出た。

「――二〇五号室。ここか……」

それから数分後。男子寮に至った無色は、部屋番号を確かめ、扉をノックした。

「すいませーん。玖珂です。宗方くんいますかー？」

そして、扉の向こうに呼びかけるように声を張り上げる。

けれどいつまで経《た》っても、返答のようなものは一切返ってこなかった。

「返事はない……か。鍵もかかってる。もしかしてどこかへ行っちゃったのかな？」

無色がドアノブを捻《ひね》りながら言うと、背後に控えていた瑠璃が息を吐いてきた。

「もしサボってるなら、馬鹿正直に返事するわけないじゃない」

「それもそうか。じゃあどうしよう」

「ドアを破りましょう」

「武闘派だなあ……」

瑠璃の苛烈な意見に無色が苦笑していると、後方から黒衣がやってきた。

「――寮監に事情を説明して鍵を借りてきました。これを」

「ありがとうございます、黒衣」

無色は黒衣からカードキーを受け取ると、ドアノブ上部の装置に触れさせた。ピピッという音が鳴ると同時、鍵が開く。

無色は抵抗がなくなったドアノブを捻ると、そろそろと扉を開けていった。

「お邪魔しまーす……」

と、無色はそこで目を丸くした。

理由は単純。ベッドの上に、宗方がうつ伏せに横たわっていたからだ。

眠っているのだろうか。無色たちが部屋に入っても、まるで反応を示さない。

無色はベッドの隣まで歩いていくと、宗方の背に手を置き、身体《からだ》を揺すった。

「おーい、宗方くん。起きて。嘆川さんが怒ってるよ。……だいぶ。いや本当に」

しかし、幾度無色が呼びかけても、宗方はぴくりとも動かなかった。

それこそ、まるで魂が抜け落ちてしまったかのように。

「——無色さん。それは?」

「え?」

と、黒衣に言われて、無色は眉を揺らした。

宗方は万歳をするように両手を伸ばしていたのだが、その先——ベッドの下に、スマートフォンが落ちていたのである。

「これは……」

言いながら、無色はスマートフォンを拾い上げ、画面を覗《のぞ》き込んだ。

スリープモードにはなっていない。どうやらアプリが開きっぱなしだったようだ。

3DCGで作られた背景の上に、精巧にモデリングされたキャラクターや、様々なゲージや数値、操作パネルなどが表示されている。

「ゲームの画面……みたいですね」

「はぁ。ゲームしながら寝落ちとは随分と良いご身分ね」

瑠璃がやれやれと吐息しながら腕組みする。

「…………」

しかし、無色は無言のままその画面を見つめ続けた。

なぜだろうか。なんの変哲もないゲームの画面のはずなのだが、奇妙な違和感のようなものがあったのである。

と、そのとき。

「――ん?」

瑠璃のスマートフォンから、軽快な着信音が鳴り響き始めた。

瑠璃が画面をタップし、スマートフォンをベッドの上に置く。無色と黒衣にも情報を共有するためか、スピーカーモードにしてくれたようだ。

ほどなくして、電話口から緋純の声が聞こえてくる。

『――もしもし。そっちはどう？　瑠璃ちゃん』

「ああ、うん。見つけたわ。部屋の中で寝てた。でも全然目を覚まさなくて……」

『え？　そっちも？』

瑠璃が言うと、緋純《ひずみ》が不思議そうに返してきた。

「そっちも、ってことは……」

『うん。実は私、今間淵さんの部屋に来てるんだけど……間淵さんも全然起きないんだよね。――あっ、私はまだ何もしてないよ？』

「……そ、そう」

『スマホを握ったまま眠ってたから、何か手がかりがないかと思って見てみたんだけど、眠る直前までゲームをしてたみたいで……』

「……なんですって？」

奇妙な符合に、瑠璃が不審そうに眉を歪《ゆが》める。

と、その瞬間だ。

『――お呼び出し申し上げます。久遠崎《くおざき》学園長、及び〈庭園〉騎士の皆様は、至急、中央管理棟にお集まりください。繰り返します。久遠崎学園長、及び〈庭園〉騎士の皆様は、至急、中央管理棟にお集まりください』

窓の外から、そんな放送が鳴り響いたのは。

「緊急招集……?」

「何かあったようですね。参りましょう、無色さん」

「……っ、は、はい」

言われて、無色はハッと我に返るようにうなずいた。

◇

「──待たせたね」

男子寮を出てから約一〇分後。無色は美しい陽色《ひいろ》の髪を揺らしながら、瑠璃と黒衣を伴って、中央管理棟・作戦司令本部へと足を踏み入れた。

口調も、所作も、先ほどまでのものとはまるで異なる。

けれどそれも当然ではあった。何しろ今無色の身体は、絶世の美女へと変貌を遂げていたのだから。

絹糸の如《ごと》き髪。輝きを放つかのような相貌。そしてその直中に鎮座する、見る者を捕らえて放さない極彩色《ごくさいしき》の瞳。それらの要素が複雑且《か》つ完璧なバランスで調和し、奇跡と呼ぶ他ない美貌へと昇華されている。

それこそは、〈空隙の庭園《くうげきのていえん》〉学園長にして、極彩の魔女の異名を取る世界最強の魔術師——久遠崎彩禍《さいか》の、燦然《さんぜん》たる威容であった。

そう。呼び出し対象に彩禍も含まれていたため、無色は男子寮から出たのち、存在変換を済ませてからここへやって来ていたのである。

「今度はちゃんとわたしなので安心してくれ」

「いきなり何を言っておるのじゃ、彩禍」

そう言って無色たちを出迎えたのは、緊張感が満ちる作戦司令本部にはあまり似つかわしくない、白衣姿の小柄な少女だった。

しかし今ここに集まった人間の中に、彼女を侮《あなど》る者などいはしない。彼女こそは〈庭園〉最古参の魔術師にして医療部部長、エルルカ・フレエラその人だったのである。

「……ん？　後ろの二人はどうしたのじゃ？」

と、エルルカが無色の後方を見ながら不思議そうな顔をする。

まあ、それも無理はあるまい。何しろ無色の後方では、瑠璃と黒衣が剣呑《けんのん》な空気を醸《かも》し出していたのだから。

……否《いな》。その表現だと少々語弊があるだろうか。正しくは、涼しい顔をした黒衣を、一方的に瑠璃が睨《にら》み付けていたのだ。肩を上下させながら「フーッ、フーッ」と息を荒くする様は、どこか臨戦態勢の猫を思わせた。

「ああ。まあ、いろいろあってね」

無色は誤魔化すように苦笑した。

まあ、別に大したことが起こったわけでもない。無色が彩禍の身体に存在変換するためには、外部からの魔力供給が必要であり、それを手っ取り早く可能にするのが、術式を付与した接吻《キス》なのである。

呼び出しに応ずるため、黒衣《くろえ》が無色にキスしたところ、それを見た瑠璃《るり》が「い、いきなり何してんのよあんたはぁぁぁぁぁぁぁぁぁ――っ!」と怒り出してしまったのである。

……無色と彩禍が融合してしまっていることも、存在変換の条件も知っているはずなのだが、瑠璃としてはまだいろいろと納得いっていないことも多いらしかった。

「ふむ……まあよかろ」

大した問題ではないと判断したのだろう。エルルカは「それよりも」と続けた。

「体調はどうじゃ、彩禍。何ぞ気になることはないか?」

そして、少し含みを持たせるような調子でそう言ってくる。その言葉と視線に、無色は小さく息を詰まらせてしまった。

「……ん、大丈夫だよ」

「……そうか。ならばよいが」

あまり皆の前で深掘りするような話題ではないと判断したのだろう。そうとだけ言って、エルルカが話題を変えるように視線を逸《そ》らす。

「なんにせよ、今は非常事態じゃ。席に着くがよい。アンヴィエットはもう来ておる」

言いながら、奥の席を示す。そこには既に、目つきの悪い長身の男が、気怠《けだる》げな調子で腰掛けていた。

三つ編みに結われた髪に、褐色の肌。仕立てのよいシャツとスラックスを身に纏《まと》い、金色のアクセサリーを首や手に輝かせている。

〈庭園〉教師にして騎士、アンヴィエット・スヴァルナーである。

「やあアンヴィエット。いつもながら早いね。今日は細君《さいくん》は？」

「……あァ？　中等部は授業中に決まってんだろうが」

無色《むしき》の問いに、アンヴィエットが不機嫌そうに頰杖《ほおづえ》を突きながら返してくる。

なかなか問題がありそうな回答ではあったものの、この場にそれを指摘する者はいない。皆、アンヴィエットの妻サラが、様々な紆余《うよ》曲折《きょくせつ》を経て転生し、今は〈庭園〉の中等部生として魔術を学んでいるということを承知していたのである。

「さて、あとはヒルデじゃが――っと」

周囲を見回しながら、エルルカが何かに気づいたように眉を揺らす。

「なんじゃ。いるではないか。早くこちらに来い」

言って、部屋の隅に向かって手招きをする。よく見てみると、物陰から長い銀髪と黒いドレスの裾、そして隠しきれない胸部の先端が顔を覗かせていた。

「は……はい……」

エルルカに言われて、ヒルデガルドがそろそろと物陰から出てくる。そして、まるで暗殺者に命を狙われているかのような調子で歩みを進め、ようやく席へと着いた。

果たして、無色及び〈庭園〉騎士が、テーブルを囲んで着席する。黒衣は足を揃《そろ》えて背筋をピンと伸ばし、無色の背後に控えていた。

「――さて、集まってもらったのは他でもない」

エルルカが皆を見渡すようにしながら、おもむろに話し始めた。

「既に知っている者もおるかもしれぬが、〈庭園〉内にて集団昏睡《こんすい》事件が発生した。生徒及び教師、職員、現在わかっているだけで五二名が意識を失い、今も目覚めておらぬ」

「……っ」

エルルカの言葉に、無色はぴくりと眉の端を揺らした。

間違いない。先ほど目にした宗方《むなかた》たちのことだ。まさかそんなにも多くの生徒や教師が昏睡していたとは。

「それだけではない。つい今し方報告が来たが、〈楼閣《ろうかく》〉、〈方舟《はこぶね》〉、〈街衢《がいく》〉、〈霊峰《れいほう》〉でも同様の現象が確認されているらしい」

「な……」

眉をひそめながら声を漏らしたのは瑠璃だった。

とはいえ無理もあるまい。それらは、日本国内に存在する〈庭園〉以外の魔術師養成機関の名だったのである。

「ちょっと待ってください。魔術師養成機関の生徒と教師が狙い撃ちにされてるってことですか？　そんなの――」

「いや、それもまた正確ではない」

「え……？」

瑠璃が目を丸くする。

エルルカは視線を険しくしながら続けた。

「一般社会――所謂《いわゆる》『外』でも、同様の被害が確認されておる。現在確認されているだけでも数十万の昏睡者が出ているという話じゃ」

「は――」

「そ、そんなに……？」

衝撃的な情報に、瑠璃とヒルデガルドが表情に戦慄の色を滲《にじ》ませる。

実際、無色も内心は彼女らと同じく動揺していた。無色が──少なくとも表面上は──冷静さを保てていたのは、ひとえに彩禍の姿をしていたからに他ならない。

「……どういうこった、そりゃあ。原因はわかってんのか？」

「うむ。まだ恐らく──という段階じゃがの」

エルルカはアンヴィエットの問いに首肯すると、虚空《こくう》に向かって声を発した。

「例の映像を」

するとその言葉に呼応するように、テーブルの上にとある映像が投影された。

CGで描かれた美しい草原と巨城の上に、瀟洒《しょうしゃ》なタイトルロゴが表示されている。

「『アルジェント・ティルナノーグ』……？」

「どうやら、ゲームのタイトル画面のようですね」

「ゲーム──」

黒衣の言葉に、無色は小さく息を詰まらせた。

瑠璃もまた、同じタイミングでそれに思い至ったらしい。ハッと顔を上げてくる。

「まさかこれって、昏睡者がやってたゲーム⁉」

エルルカが、こくりと首肯する。

「昨晩から今朝にかけて昏睡した者全員が、このゲームをプレイしておったとの情報が入っておる。急ぎ解析を依頼したところ、このゲームのプログラムに、第四世代魔術のコードが組み込まれていることが判明した」

『…………！』

その言葉に、居並んだ面々は表情を険しくした。

魔術の歴史とは、五つの大きな発見によって区切られる。

魔力という概念の発見を第一世代としたとき、呪文によってそれを操作するようになったのが第二世代。陣や紋様、文字で構成式を描くことにより、物質に術式効果を付与するようになったのが第三世代である。

第四世代魔術とは、そのさらにあと。近代になってから確立された魔術である。

とはいえそれも道理。何しろ第四世代魔術とは、コンピュータによって構成式を制御・運用する手法のことを指すからだ。

これによって、第三世代までとは比べものにならない膨大な規模の構成式を、小さなデバイスに込められることとなり、かつては各流派の秘奥《ひおう》とされていたような複雑な術式を、それまでより遥《はる》かに容易に使用することが可能となったのである。

「ちょっと待て。魔術師の仕業だってのか？」

「詳しいことはまだわかっておらぬ。じゃが、このゲームに組み込まれた術式によって昏睡事件が引き起こされたことは間違いあるまい。『アルジェント・ティルナノーグ』なるこのゲームは、先月サービス開始されたばかりの代物らしい。圧倒的なクオリティでユーザー数を増やし、十分な人数が集まったところで一気に術式を発動させたようじゃ。背後関係は今洗っている最中じゃが、ゲームの制作・運営を行っておる会社は、完全なペーパーカンパニーじゃった」

エルルカが手元の資料に視線を落としながら言う。瑠璃が眉根を寄せたまま、頬にたらりと汗を垂らした。

「専用のデバイスですらなく、各々《おのおの》のスマートフォンを介して術式を発動させたっていうんですか？　しかも、『外』の一般人ならまだしも、画面を見せるだけで魔術師を昏睡させるような代物を？」

「うむ。しかも、ただ眠らせておるというわけでもないようじゃ」

「どういうことです？」

瑠璃が問うと、エルルカは難しげな顔をしながら続けた。

「既に被害者を何名か医療部で保護しておるが、脳波がまったく観測できぬのじゃ。まるで魂が身体《からだ》から抜けてしまったような状態じゃの」

「魂が……？」

「恐ろしく複雑かつ精緻な術式じゃ。わしの知る限り、斯様《かよう》な真似《まね》が可能なのは、〈街衢〉の志黄守《しきもり》か、さもなくば〈庭園《うち》〉のヒルデくらいのものじゃろう」

「えっ」

「わ、私じゃないよ……⁉」

皆の視線を浴びたヒルデガルドが、慌てた様子でブンブンと首を振る。

エルルカはやれやれと息を吐きながら肩をすくめた。

「わかっておる。もしそう思っていたなら、とうに拘束しておるわ」

「ひ、ひぃん……」

ヒルデガルドが怯《おび》えるように肩を窄《すぼ》ませ、身体を小刻みに震わせる。

「志黄守も同様に、じゃ。胡乱《うろん》なやつじゃが、斯様な真似をする男ではない」

「確かに、〈街衢〉の学園長ともあろう方が、こんなことをするとは思えませんね」

「うむ。あのひねくれ者が、自分が容疑者に挙がるような犯行に及ぶわけがない」

「…………」

瑠璃が渋い顔をする。どうやら思っていたのと違う理由だったらしい。

しかしエルルカは、さして気にする風もなく続けた。

「とにかく、じゃ。少なくとも、その二人に比肩《ひけん》する魔術技師《ソーサリー・エンジニア》が関わっていることは間違いないじゃろう」

「ふむ……しかし、となると厄介だ。どう対応したものだろうね」

無色が言うと、エルルカは当然というようにうなずいてきた。

「無論、専門家に任せるつもりじゃ」

「専門家？」

無色が問い返した、次の瞬間。

『ゆる！　せま！　せんっ！』

そんな声が響き渡ったかと思うと、無色たちの目の前にシルベルが姿を現した。

『どこの誰かは知りませんが、よくも私の可愛《かわい》いシスターズ&ブラザーズを！　この代償は高く付きますよ……膝に頭を乗せながら潤んだ瞳で「ごめんなさいお姉ちゃん」と言うまで許してあげません！』

シルベルは両手を戦慄《わなな》かせながらいきり立つように言った。別に会話には必要のないモーションなのだが、なんとも芸の細かいことである。

「なるほど。シルベル姉さんならば、これ以上ない適任だ」

無色は納得を示すようにうなずいた。

電脳世界はシルベルのテリトリーだ。如何《いか》な凄腕《すごうで》の魔術技師《ソーサリー・エンジニア》が暗躍していようとも、肉の身体を持つ以上、ＡＩの反応速度と演算能力に敵《かな》うはずがない。

『はいっ！　お姉ちゃんにお任せですっ！』

「うむ、任せたぞ姉上。――ヒルデは姉上のサポートを頼む」

『お願いしますねひーちゃん！　お姉ちゃんと一緒に頑張りましょう！』

「……それは……まあ、やるけどぉ……」

エルルカとシルベルに言われ、ヒルデガルドはよろよろと身を起こした。

自分が作ったはずのＡＩに妹扱いされるのが腑《ふ》に落ちないといった様子だったが、サポートをすること自体に異存はないらしい。どこか不服そうにしながらも周りを見回す。

「……ん、これでいっか。無線でもいけるけど、何があるかわからないし、念のためちょっと回線借りるね……」

そして、テーブルに設《しつら》えられていたコンソールを撫《な》でると、すっと目を細めた。

「第二顕現……【電霊手《ミーディアム》】」

ヒルデガルドがその言葉を唱えた瞬間、彼女の背に、銀色に光り輝く紋様が二画、出現する。それは妖精の羽のようにも見えたし、複雑な回路図のようにも見えた。

界紋《かいもん》。魔術師が顕現術式を発現する際に現れる、魔力の紋である。

同時、ヒルデガルドの両手を覆うように、球形のコントローラーらしきものが出現する。

彼女がそれを操作すると、光の中からコードのようなものが伸び、テーブルのコンソールにその先端を埋《うず》めた。

すると次の瞬間、ヒルデガルドの周囲の空間に、幾つもの画面が投影される。

「ほう――」

無色《むしき》が小さな声でぽつりと呟《つぶや》くと、後方に控えていた黒衣《くろえ》が顔を近づけてきた。

「――騎士ヒルデガルドの第二顕現、【電霊手《ミーディアム》】。あらゆる電子機器にアクセスすることができるそうです」

そして、無色以外には聞こえないくらいの声音でそう言ってくる。

無色はあまり大きなリアクションはせず、小さな首肯でのみ謝意を示した。

「……ん。準備OK。いいよ、シルベル」

『はい。――では、行ってきますね。お姉ちゃんがいなくて寂しいかもしれませんが、少しの間だけ我慢してください』

言って、シルベルがぱちりとウインクをしてみせる。皆が笑顔、もしくは苦笑、もしくはうんざりとした調子でそれを見送った。

シルベルの姿がブロックノイズ状に分解されていき、ヒルデガルドがアクセスしたコンソールに吸い込まれていく。

次の瞬間、ヒルデガルドの周囲に投影された画面の中に、シルベルの姿が表示された。ヒルデガルドの第二顕現で電脳世界に送り込まれたようにも見えたが、そもそもシルベルはＡＩであるため、最初から電脳世界の住人である。たぶんただの演出だろう。シルベルはそういうところに凝る傾向が見受けられた。

「……ネットワークを辿《たど》って、『アルジェント・ティルナノーグ』に侵入できる？」

『はい。シルベルにお任せあれ、です』

投影画面の中でシルベルがグッと親指を立てる。

すると画面に様々な数字や文字列が目まぐるしく躍っていき――

やがて、ＣＧで描かれた美しい風景へと変貌を遂げた。

見覚えのある草原に、古城。間違いない。『アルジェント・ティルナノーグ』の世界だ。

『アクセス成功です。ふふっ、だいぶ頑張ってプロテクトしてたみたいですが、お姉ちゃんは文字通り次元が違いますよ～？』

冗談めかした調子で言って、シルベルが上機嫌そうに身体をくねらせる。ヒルデガルドが陰鬱そうに息を吐いた。

「……無駄口はいいから、昏睡《こんすい》事件の原因となった術式の詳細を調べて。あと、サーバの所在地と管理者の情報も」

『はいはい、わかってますってば――』

と、シルベルがそう言いかけた、まさにそのときだ。

画面に一斉にノイズが走り、辺りに不協和音が響き始めた。

「え……っ⁉」

「な、なんですかこれ。何があったんですか⁉」

「ちょ、ちょっと待って……！」

ヒルデガルドが泡を食った様子で、両手に発現した球形のコントローラーを操作する。

けれど、画面は元に戻らなかった。突然の事態に、周囲に混乱が広がっていく。

こういうときこそ冷静に対処せねばならない。無色は動悸《どうき》を抑えながら声を発した。

「落ち着くんだ、ヒルデ。まずは――」

しかし。その言葉が最後まで紡《つむ》がれることはなかった。

無色の声を遮るように、作戦司令本部に――否《いな》、もっと正確に言うのなら〈庭園〉中に、けたたましい警報が鳴り響いたからだ。

「何ごとじゃ！」

エルルカが、警報に負けぬよう声を張り上げる。

すると、司令本部の奥でコンソールを操作していた職員が、慌てた様子で答えてきた。

「す、凄《すさ》まじいスピードで、何かが〈庭園〉目がけて飛来してきています……！　到達予測まであと約三六〇秒……！」

「滅亡因子か⁉」

「わ、わかりません……！」

「――彩禍様」

「ああ」

無色は黒衣の意図を察すると、すぅっと息を吸ってから、よく通る声を発した。

「議論はあとだ。今はとにかく、〈庭園〉を守らねばならない。――わたしが対処しよう。皆は万一の事態に備えて生徒たちの避難誘導を頼む」

「は、はい！」

「……ちッ！」

無色が言うと、瑠璃《るり》は素直に、アンヴィエットは苛立《いらだ》たしげに行動を開始した。

「黒衣」

「はい。既に」

言って黒衣は、作戦司令本部の奥に設えられていた扉を開いてみせた。

扉の向こうには、外の景色が広がっている。〈庭園〉の主要施設に設置されている、園内移動用の扉だ。

無色は黒衣とともに扉をくぐった。一瞬にして、〈庭園〉中央学舎前に移動する。

するとそれを見計らったかのようなタイミングで、園内の各所に設えられたスピーカーから、声が響き始めた。

『――騎士エルルカ・フレエラが告げる。現在〈庭園〉に、何者かが接近しておる。対応には彩禍が当たるゆえ、生徒及び教師は地下施設へと避難せよ。繰り返す――』

そのアナウンスののち、中央学舎の方から生徒たちのざわめきや足音が聞こえてくる。

無色はなんとも不思議な感覚の中、抜けるように青い空に目をやった。

雲一つない晴天。絶好の行楽日和である。まさかあと数分後に正体不明の敵が飛んでくるとは思えないような景色だった。

「彩禍様。到達予想まであと約二四〇秒です。僭越《せんえつ》ながら対応策を具申しても？」

黒衣が懐中時計に視線を落としながら言ってくる。無色は腰に手を当てながら大仰にうなずいた。

「もちろん。聞かせてくれ」

「では恐れながら。飛来物の速度からして、目視してからの対応ではまず間に合いません。そこで──」

「可能な限り広範囲に第四顕現を展開し、対象を顕現領域の中に封じ込める」

無色が空を見上げながら言うと、黒衣が感嘆を漏らすように喉を鳴らしてきた。

「──驚いた。わかっていたのかい？」

そして、本来の口調でそう言ってくる。無色はふっと唇を緩めた。

「彩禍さんならどうするかって考えただけです。彩禍さんなら、〈庭園〉だけ無事ならいいとは言わないと思って」

「上出来だ。あとは実現するだけだね」

軽い調子で、黒衣が言ってくる。

無色は小さく笑うと、意識を集中させて手を前方に掲げた。

「到達予想まであと六〇秒……、五〇秒……、四〇秒……」

「…………」

「──今です」

黒衣の合図と同時。無色は手に力を込めた。

「万象開闢《ばんしょうかいびゃく》。斯《か》くて天地は我が掌《て》の中」

そして、唱える。

極彩《ごくさい》の魔女・久遠崎彩禍。その最大にして最強の術式を。

「恭順を誓え。おまえを——」

全身に魔力を滾《たぎ》らせる。

頭上に四画の界紋が展開し、魔女の帽子のような形を作っていく。

「——花嫁にしてやる」

瞬間。無色を起点とするように、世界の景色が塗り変わった。

果てすら知れない、無限の蒼穹《そうきゅう》。

天と地には無数の摩天楼が屹立《きつりつ》し、獣の顎《あぎと》の如《ごと》く獲物を待ち構えていた。

顕現術式・第四顕現。己の周囲を顕現体で塗り替える、魔術の奥義《おうぎ》にして極致である。

「捉——えた！」

顕現体とは己の分身。それは如何《いか》に規模が大きくなろうとも変わらない。

肉眼で捉えることは困難であろう飛来物の形が、今の無色には手に取るようにわかった。

「…………!?」

そして、気づく。それが、〈ドラゴン〉などの滅亡因子ではなく——

無機的な円筒形をしていることに。

「——ミ、サ、イ、ル……!?」

「なんですって……?」

無色の言葉に、黒衣が驚愕《きょうがく》の声を発する。

しかしそれも無理からぬことだろう。ミサイルというのは言うまでもなく人工の兵器。

つまりは生物型の滅亡因子とは異なり、人間の手によって発射されるものなのである。

すなわちそれは、何者かが〈庭園〉に攻撃を仕掛けたということに他ならない。

だが、にわかに信じられるようなことではなかった。〈庭園〉が存在するのは東京都桜《おう》条《じょう》市《し》。幾人もの人間が生活する首都圏の都市部である。そのような場所にミサイルを撃ち込むなど、尋常な精神状態の人間がすることではない。全世界を敵に回すと言っても過言ではない愚行であった。

「…………!」

とはいえ、今はそんなことに思考のリソースを割いている場合ではない。

想定目標が爆発物になったことにより、無色は一瞬の間に対応の変化を求められたのである。

滅亡因子のようにただ捻《ひね》り潰しただけでは、爆風を殺しきれない。万が一それによって無色《むしき》の集中が途切れ、第四顕現が途中で解除されてしまいでもしたなら、外界に被害が出てしまいかねないのだ。

「はぁ……っ！」

無色は額に汗を滲《にじ》ませながら意識を研ぎ澄ますと、ぐっと手を握った。

するとそれに合わせて、天地に屹立した摩天楼の群れが、空を裂くミサイルを噛《か》み潰すかのようにその幅を狭めた。

──爆発。凄まじい閃光《せんこう》と爆音が辺りに撒《ま》き散らされる。

「く──」

しかしここは第四顕現。あらゆる条理が、道理が、摂理が、術者の意に沿い形を変える。

無色はミサイルを包み込むように空間を変化させると、その衝撃を抑え込んだ。

果たして狂える科学の牙は、無色の目を灼《や》くことも、耳を穿《うが》つことも、肌を打つこともなく、煌《きら》びやかな輝きのみを残してその呪われた生涯を閉じた。

「──はぁっ、はぁっ──」

荒い息とともに、手から力を抜く。

それを合図としたように界紋《かいもん》が消え、無色の周囲を満たしていた蒼穹が溶けていった。

「彩禍《さいか》様──」

よろめきかけた無色の身体《からだ》を、黒衣《くろえ》が支える。

「お疲れ様です。お見事でした」

「ああ……なんとかなったようだね……」

無色が汗を拭いながら言うと、黒衣は無色を労《ねぎら》うようにうなずいたのち、再度表情を険しくした。

「──司令本部に戻りましょう。何が起きているのか確かめねばなりません」


「魔女様！」

司令本部に戻った無色を出迎えたのは、そんな瑠璃の声だった。

「大丈夫ですか！　お怪我《けが》は──」

瑠璃は心配そうな顔で言ったのち、何かに思い至ったようにハッと肩を震わせた。

「いえ、違うのです。決して、決して魔女様のお力を疑っていたわけではなく……！」

「わかっているよ。ありがとう、瑠璃」

無色が優しい口調で言って頭を撫《な》でると、瑠璃は頬を染めながらふにゃっと蕩《とろ》けるような表情を作った。

作戦司令本部には既に、先ほどのメンバーが戻ってきていた。つつがなく無色がミサイルを無力化できたため、園内にもさほどの混乱は起こっていないようだった。

とはいえ、無論例外は存在する。司令本部中央のテーブルでは、未《いま》だヒルデガルドが第二顕現を展開させたまま、ノイズの走った画面に目をやっていた。

「シルベル……！　応答して、シルベル……！」

両手の球形コントローラーを複雑に操作しながら、シルベルに呼びかける。

けれど聞こえてくるのは、耳障《みみざわ》りなノイズの音だけだった。

「まだシルベルとは連絡が取れないまま、か。エルルカ、あの飛来物は――」

「……うむ。よもやミサイルとはの。じゃが、現状何が起こったのか皆目わからぬ。ミサイルを発射した施設から何らかの通達がないか調べさせようとしたのじゃが……そもそも通信網が死んでしまっておっての。何も情報が入ってこぬ」

「ふむ……？」

無色は眉根を寄せながら、ポケットからスマートフォンを取り出した。エルルカの言うとおり、画面の右上に『圏外』の文字が躍っている。試しに操作してみるも、通話はおろか、あらゆるネットワークへの接続ができなくなっていた。

と、無色が不審そうに画面を見つめていると、不意に作戦司令本部の扉が開き、汗を滲ませた職員が駆け込んできた。

「魔女様！　エルルカ様！」

「なんじゃ、騒がしいの」

「も、申し訳ありません！　通信が繋《つな》がらなかったため直接ご報告に……！」

「そうか。ご苦労。申せ。何があった」

「は、はい！　園内及び『外』で、様々な電子機器が誤作動を起こしています！　防災システムから電子制御の車まで……！　都市部は酷《ひど》い混乱状態です！」

「なんじゃと……？」

エルルカが眉をひそめる。他の面々もまた、驚愕や戦慄を表情に滲ませた。

「医療部で使用している機器も突然制御が利《き》かなくなり、医務官が入院患者の対応に追われております！　エルルカ様のお力にお縋《すが》りしたく……！」

「――あいわかった。よくぞ報《しら》せてくれた」

エルルカは簡潔に答えると、両手の指を組み合わせて印を結んだ。

瞬間、彼女の両手に界紋が生じ、無数の狼《おおかみ》が姿を現す。エルルカの第二顕現【群狼《ホロケウ》】だ。

「先にこやつらと行ってくれ。わしもすぐに向かう」

「はい……！」

職員は微《かす》かな安堵《あんど》を滲ませながらうなずくと、無数の狼たちとともに走っていった。

「……ち、一体何が起こっているというのじゃ」

「偶然の符合――とは思えませんね。プレイヤーを昏睡《こんすい》させるゲーム、通信の途絶、電子機器の暴走……軍事基地のミサイル発射装置も、電子制御には違いありません」

「だとして、このような真似《まね》、一体どこの誰に可能だというのじゃ」

と。エルルカが難しげな顔を作った、そのときであった。

「……！　あ――」

ヒルデガルドが喉から声を漏らしたかと思うと、彼女の周囲に展開されていた画面からノイズが消え去り、とある映像が映し出された。

それは、精巧に作られたＣＧの景色だった。恐らく、件《くだん》のゲームの背景である。

軽々に断言できない理由は、それが通信が途絶する前の草原ではなく、おどろおどろしい意匠が施された仄暗《ほのぐら》い城の中であったからだった。

そして、その中に。

鎖で両手を搦《から》め捕《と》られ、力なく俯《うつむ》いたシルベルの姿があった。

「これは……」

「シルベル……⁉」

突然の光景に、皆が驚愕を露《あら》わにする。

「ちょっと待て、何が起こっていやがる。シルベルが捕まっちまったってのか？」

「シルベルはＡＩです。騎士ヒルデガルドそっくりのあの姿はあくまで、対人コミュニケーション用のインターフェースに過ぎません。鎖などで拘束できるはずはありません」

「そりゃあわかるが、じゃあこの映像はなんなんだよ」

アンヴィエットが言うと、ヒルデガルドが額に汗を滲ませながら唇を動かした。

「……たぶん……メッセージ……」

「は？」

「……この映像を見る人――私たちに、直感的・視覚的に現況を伝えるための演出……なんじゃないかな……少なくとも、人間に向けたものなのは間違いないよ……」

辿々《たどたど》しい調子でヒルデガルドが言うと。

まるでそれに応ずるように、画面越しに、ぱち、ぱち、という拍手の音が聞こえてきた。

『――正解。さすが、わかってるね』

次いでそんな声が響くと同時、画面に何者かが姿を現した。

画面の手前から、最奥《さいおう》のシルベルの方へと、ゆっくりとした歩調で歩いていく。

こちらに背を向けているため顔は見取れなかったが、どうやら少女であるようだ。小柄な体躯《たいく》に、細い手足。地に触れんばかりに長い長い銀髪が、歩く度に揺れていた。

『でも、もちろん映像だけじゃないよ。シルベルは今、完全に私の管理下にある。――ううん。シルベルだけじゃない。ネットワークに接続されたあらゆる電子機器が、今や私の思うまま。〈庭園〉としては、ちょっと困ったことになっちゃったね』

少女が、ゆっくりと振り返る。

まるで作り物のように端整な面が、無色たちに微笑《ほほえ》みかけた。

「――――」

その瞬間。ヒルデガルドが、信じられないものを見たように目を見開いた。

「――エデルガルド……」

そうして、震える声を零《こほ》す。

それを受けて、エデルガルドと呼ばれた少女は、さらに笑みを濃くした。

『うん。久しぶり。

――会いたかったよ、お姉ちゃん』

第二章　《ＲＰＧ》の世界へと

在りし日のこと。

久遠崎《くおざき》彩禍は、欧州のとある街を訪れていた。

「――この辺りか」

その街の様相を表現せよと言われたなら、きっと誰しもが、雑多とか混沌《こんとん》とかという言葉を思い浮かべるに違いなかった。文学や詩歌《しいか》に気触《かぶ》れた者ならばもっと気の利いた比喩や諧謔《かいぎゃく》を用いるのかもしれないが、それでもその表現に、『湖畔』だの『天使』だのが出てくることはないと断言できる。無計画に継ぎ足しを繰り返したかのような建物に、乱雑にのたくった配管。壁には色とりどりの落書きが施され、道の端々には、違法薬物の濫用者と思《おぼ》しき人々が、身体をくの字に折るようにして蹲《うずくま》っている。

貧民街にほど近いからか、治安もあまりよいとは言えないようだ。実際ここを訪れてから、既に二回ほどむくつけき男に行く手を阻《はば》まれている。まあ、その男たちは今、すっかり彩禍から興味を失い、熱狂的な地面愛好家と化していたが。

彩禍《さいか》は長い外套《がいとう》の裾を揺らしながら通りを歩いていくと、狭い路地へと爪先を向けた。

「おい」

と、そこで、通りの脇に陣取っていた強面《こわもて》の露天商が声をかけてくる。

一瞬、先ほど絡んできた男たちと同類かとも思ったが、どうやら違うようだ。彩禍を見上げる露天商の視線には、不信感と警戒心がありありと浮かんでいた。

「この先は止《や》めとけ。大通りに出たいなら、もう一つ先の道を回った方がいい」

「ご忠告ありがとう。だが、人を探していてね。どうやらこの先に住んでいるようなんだ」

彩禍が言うと、露天商は警戒の色を強めながら眉根を寄せた。

「……余所者《よそもの》が『妖精』に何の用だ？」

「『妖精』？」

「ああ。ここいらの連中はそう呼んでる。気まぐれで、無邪気で、悪辣で——人の手に負えねぇ。どんな怖いもの知らずでも、奴《やつ》らにだけは手を出さねぇ」

「ふむ……さしずめ、悪戯《いたずら》好きの小妖精《ピクシー》といったところかい？」

「そんな可愛《かわい》いもんじゃねぇ。見た目は淫魔《リャナンシー》で——中身は獰猛《どうもう》な赤帽子《レッドキャップ》だ。もし奴らの機嫌を損ねれば、次の瞬間、そいつのスマホの中身は全てネットに流出し、口座の残高はゼロになり、顔写真が警察のデータベースに重犯罪者として登録される」

「それは、なんとも」

「それで済みゃあマシな方さ。ある日酔ったチンピラが、『妖精』の足を引っかけて転ばせた。そしたらどうなったと思う？　そいつのSNSに、まったく身に覚えのねぇ動画が投稿されたのさ。麻薬《ヤク》の売り上げを上手《うま》いことちょろまかしてやったって自慢する、そいつ自身の動画がよ。ご丁寧に、ファミリーのボスがどれだけ間抜けかを罵りまくるっておまけ付きでな」

オーバーなリアクションを伴いながら、露天商が続ける。

「悪いことは言わねぇ。どんな目的があるのか知らねぇが、関わるのは止めておきな」

「そうしたいのは山々だが、あいにく妖精の国から招待状が届いていてね」

「な……」

彩禍が言うと、露天商は目を見開いたのち、存外素直に引き下がった。

「……なら俺が言うことは何もねえ。好きにしな」

「いいのかい？」

「アンタが嘘《うそ》を吐《つ》いてるなら、アンタが死ぬだけだ。だがもしアンタの言ってることが本当だとしら、客人を追い返した無礼者に、『妖精』がどんな悪戯をすると思う？」

微かに怯《おび》えの滲《にじ》んだ声で、露天商が言う。

彩禍は納得を示すように首肯すると、短く礼を述べ、狭い路地に入っていった。

そして頭の中で地図を思い浮かべながら、目的の場所へと歩みを進める。

――『妖精』と呼ばれるハッカーの根城へと。

今から数日前、彩禍が学園長を務める魔術師養成機関〈空隙《くうげき》の庭園《ていえん》〉の管理システムがハッキングを受けた。

被害自体は大したことはない。いくつかのログデータに鍵をかけられ閲覧が制限されてしまったのと、フォルダのアイコンと名前が、なんともファンシーなものに変えられてしまったくらいだ。まるで子供の悪戯のような犯行だった。

けれどだからといって楽観視はできなかった。専属の魔術技師《ソーサリー・エンジニア》が作り上げた〈庭園〉の管理システムが、外部からの不正アクセスを許してしまったという事実自体が、〈庭園〉にとっては脅威そのものだったのである。

〈庭園〉情報部はすぐさま調査を開始したが、犯人の居場所を摑《つか》むことはできなかった。

ならばなぜ彩禍がこんな場所まで足を運んでいるのかといえば単純な話で、変更されてしまったアイコンとファイル名を並べ替えたところ、この街の座標、そして彩禍を誘うような文章が示されたのである。

無論、それが馬鹿正直に犯人の居場所を示しているかどうかはわからない。けれど他に手がかりもなかったため、こうして現地に赴いていたのだ。

「ここか」

数分後。彩禍は目的の建物の前で足を止めた。箱を適当に積み上げたように歪《いびつ》な形をしたビルだ。

扉に鍵はかかっていない。彩禍は特に物怖《ものお》じもせず、『妖精』の住処《すみか》に足を踏み入れた。

建物の中は、まるで廃墟《はいきょ》のような様相だった。がらんとした仄暗い空間に、机や椅子が散乱している。

一見、人が生活しているようには思えないが、よく見てみると、床にうっすらと積もった埃《ほこり》の上に、足跡や車輪の跡などが見て取れた。少なくとも、何者かが頻繁に出入りしていることは確からしい。

「とりあえず、上の階を調べてみるか」

と。

「……おや？」

ひとけのない空間を中程まで進んだところで、彩禍は足を止めた。

研ぎ澄まされた魔術師としての勘が、違和感を感じ取ったのである。

次の瞬間。物陰から微かな音がしたかと思うと、彩禍目がけて何発もの銃弾が放たれた。

恐らく自動歩哨銃《セントリーガン》の類だ。センサーに反応した対象に、自動的に射撃を行う兵器である。

四方向から、無数の殺意が彩禍に迫る。

「ふ――」

しかし、数百発にも及ぶであろう銃弾は、ただの一発も彩禍に命中しなかった。

或《あ》るいはセンサーの誤作動。或いは銃身の劣化。或いはそれらで弾道の逸《そ》れた銃弾同士のかち合い。そんな小さな要素が積み重なり、全ての銃弾が彩禍の身体《からだ》を避けて飛んでいく。

跳弾した弾が火花を散らし、辺りの景色を華やかに彩《いろど》った。

恒常顕現。目立ってしまうため発動時の界紋《かいもん》は消しているが、この地に降り立ったときから彩禍は第一顕現を発現していたのだ。

攻撃に用いれば必中の一撃となる術式は、防御に転ずれば彩禍を守る『偶然』の盾となる。第三顕現ほどの力はなくとも、魔力の通わぬこの程度の攻撃であれば、彩禍の身体に触れることさえ難しいだろう。

とはいえそれは、あくまでここに立っていたのが彩禍だからだ。もしも下位の魔術師であれば負傷は避けられなかっただろうし、一般人であれば結果は言うまでもない。

彩禍が来ることを見越して罠《わな》を張っていたのか、それとも普段から『こう』なのか。

どちらにせよ、先に待ち構えているのは尋常な人物ではないようだ。

「面白い」

彩禍は微《かす》かな警戒と緊張——そして抑えきれぬ好奇と高揚を胸に足を進めた。

「さて、次が最上階かな——」

ビルに足を踏み入れてからおよそ三〇分。

彩禍は小さく呟《つぶや》くと、階段を上り、最後のフロアに足を踏み入れた。

「……！」

そして次の瞬間、微かに眉根を寄せながら足を止める。

理由は単純。彩禍がそこに至った瞬間、薄暗かったフロアに明かりが灯《とも》ったのである。

その明かりはスポットライトのように、部屋の奥にいた二人の人影をくっきりと照らし出した。

一人は、車椅子に腰掛けた小柄な痩身《そうしん》の少女。

もう一人は、その背に隠れるように身を窄《すぼ》ませた、眼鏡の少女である。

髪と目の色からいって、恐らく姉妹だろう。顔立ちもよく似ていた。まあ、車椅子の少女が悠然と構えているのに対し、眼鏡の少女は落ち着かない様子で目を泳がせたり身体を震わせたりと、その立ち居振る舞いは対照的だったけれど。

「はじめまして。お目にかかれて光栄です、魔女さん」

車椅子の少女が、至極落ち着いた様子でそう言ってくる。まるで彩禍がここを訪れることを心待ちにしていたかのような調子だった。

彩禍は二人の容貌を改めて見つめたのち、ふっと微笑《ほほえ》みながら言った。

「君たちが『妖精』か。熱烈な歓迎、痛み入るよ」

そう。このビルは一二階建てだったのだが、ここに至るまでの全てのフロアに、周到且《か》つ執拗《しつよう》なトラップが仕掛けられていたのである。

部屋の中央に至ったところで天井が落ちてきたり、壁が迫ってきたりするのは序の口で、窓が全て塞がれると同時に有毒ガスが散布されたり、飾ってあった鎧《よろい》や人形がひとりでに動いて襲ってきたり、終《しま》いには網の目状になったレーザーが迫ってきたりした。

まるでゲームでもさせられているかのような、創意と殺意に溢《あふ》れたトラップの数々。彩禍は警戒を通り越して、思わず感心してしまっていた。

車椅子の少女が、ニッと唇の端を上げる。

「はい。別に私たちが名乗り始めたわけではありませんが、そう呼ばれています。歓待の

作法については平にご容赦を。あなたが本当に噂《うわさ》通りの人物なのか確かめたかったのです」

「ほう。ならばわたしは、君たちのお眼鏡に適《かな》ったのかな？」

「ええ。期待以上です。特殊部隊をも壊滅させるレベルのトラップを、ああも易々《やすやす》と突破されるとは思いませんでした」

車椅子の少女は大仰にうなずくと、ゆっくりとした動作で胸元に手を置いた。

「——私の名はエデルガルド・シルベル。こちらは姉のヒルデガルドです」

「あ……っ、はい……ど、どうも……」

名を呼ばれた眼鏡の少女——ヒルデガルドが、焦《あせ》った様子で頭を下げてくる。どうやら、だいぶ深刻な人見知りのようだ。ここに来る途中耳にした悪辣な噂とは、あまり結びつかない人物像だった。

「〈庭園〉の管理システムをハッキングしたのは君たちだね？」

「はい。間違いありません」

「可愛い悪戯と見逃してあげたいところだが、そうもいかない。とりあえず、ログデータにかけたプロテクトを解除してもらいたいのだが、どうかな？」

「もちろん。今すぐ解除させていただきます。我らとしましても、〈庭園〉とことを構える気はございません。処罰も受ける覚悟です」

「ならばなぜ、このようなことを？」

彩禍《さいか》が問うと、エデルガルドは考えを巡らせるような仕草を見せてから答えてきた。

「面白そうだったから――でしょうか。名高い〈庭園〉のセキュリティに、自分の腕がどの程度通用するか確かめてみたく」

その回答に、彩禍は目を細めた。

偽りではない。けれど、全てを語るつもりもない――そんなところだろう。

「それよりも魔女さん。世界最強の魔術師が学園長を務める養成機関のセキュリティが突破されたとあっては、これからの戦いにご不安が残るでしょう。つきましては、我々から一つ提案があるのですが」

「提案？」

彩禍が尋ねると、エデルガルドはニッと微笑みながら言葉を続けてきた。

「――あなたの〈庭園〉で、天才を雇いませんか？」

◇

「――エデルガルド……」

呆然《ぼうぜん》と。

画面を見つめたヒルデガルドが言葉を漏らす。

眼鏡越しの双眸《そうぼう》は驚愕《きょうがく》と戦慄に見開かれ、小さく開かれた唇は微かに震えていた。

否《いな》、正確に言うのならヒルデガルドだけではない。作戦司令本部にいた〈庭園〉騎士たち全員が、程度の差こそあれ驚きを露《あら》わにしていた。

「うそ……」

「エデルガルド──だと?」

「馬鹿な。何年も前に死んだはずじゃろう」

皆の反応から、そしてエデルガルドを名乗る少女の容姿や言動から、無色《むしき》は察した。

──彼女こそが、かつて病で夭逝《ようせい》したというヒルデガルドの妹であると。

しかし、その推測には矛盾が存在する。無色は微かに眉根を寄せながら考えを巡らせた。

一つは言わずもがな、ヒルデガルドの妹は既に死亡しているという点。

そしてもう一つは、今映し出されているのが、ゲームの中の映像という点である。

その疑問は、当然皆の中にも生じていたらしい。今目の前で展開されている光景を量りかねてか、難しげな表情を作っている。

そんな中、何かに気づいたように息を詰まらせたのは、やはりヒルデガルドだった。

「……！　ＡＩ──」

「え？」

瑠璃《るり》が聞き返すと、ヒルデガルドは画面を見据えたまま続けた。

「自己学習ＡＩ……シルベルが私の姿をベースにインターフェースモデルを作ったみたいに、ＡＩがエデルの姿を模してるんだ……！」

『──ご名答』

ヒルデガルドの言葉に、画面の中のエデルガルドがまたも軽く拍手をした。

『私は魔術技師《ソーサリー・エンジニア》エデルガルド・シルベルが作成した、人格形成型ＡＩ。まあ、でもエデルガルドって呼んでもらって構わないよ。「私《マスター》」も生前、私のことを「もう一人の私《エデルガルド》」って呼んでいたし、マスターの持っていた記憶と思考パターンは、全て私に引き継がれているし。それに何より──』

エデルガルドは、にこりと愛らしい笑みを浮かべた。

『その名前が示すのは、今はもう私だけのはずだから』

「──」

その言葉に、ヒルデガルドが声を失う。

だが気持ちはわからなくもなかった。毒気も悪意も感じないその声音や表情と、冷徹に過ぎるその言葉の中身とが、一瞬上手《うま》く結びつかなかったのだ。

「ヒルデ」

無色が声をかけると、ヒルデガルドはビクッと肩を揺らした。

「……っ、な、何。彩禍ちゃん……」

「どうだい。そんなことが本当にあり得ると思うかい？」

別に、その問いそのものが重要だったわけではない。ただ、ヒルデガルドに冷静さを取り戻させる間を与えたかったのだ。

ヒルデガルドも無色の意図を察したのだろう。すうっと深呼吸をしたのち、数瞬の間思案を巡らせるような仕草をしてから返してきた。

「……あり得ない話じゃない。私にできたことが、エデルにできないはずはないから」

でも、とヒルデガルドは視線を鋭くしながら画面を見つめた。

「……答えて。今起こっている集団昏睡《こんすい》事件や、ネットワークの異常は、全部あなたの仕業なの？」

『うん。そうだよ』

誤魔化す様子もなく、エデルガルドが答えてくる。

ヒルデガルドは一瞬怯《ひる》むように息を呑《の》んだが、すぐに思い直すように表情を険しくした。

「……なんで。あなたがエデルの作ったＡＩだっていうなら、なんでこんなことを」

『なんでって……うーん――』

エデルガルドはしばしの間考えを巡らせるような仕草をしたのち、小首を傾《かし》げながら答えてきた。

『面白いから？』

「……っ」

エデルガルドの言葉に、ヒルデガルドが息を詰まらせる。

その表情は、あまりにもぞんざいな動機に絶句しているようにも見えたし――想像通りの答えを返されたことに驚いているようにも見えた。

『見て』

エデルガルドが、楽しげに笑いながら両手を広げる。

すると画面に、様々な場所の映像が映し出されていった。

雄大な草原、朽ちた古城、熱砂の大地、雪深い山嶺《さんれい》、活気ある街――色とりどりの幻想的な風景が、代わる代わる表示されていく。

そしてその中には、たくさんの人間の姿も含まれていた。

冒険者だろうか。その身に鎧やローブなど、思い思いの装備を身につけている。

「……？」

そこで、無色は違和感を覚えた。

数名で連れ立って苛酷な道を歩いたり、見るも恐ろしいモンスターと戦っている者もいるにはいるが、困惑した様子で話し込んだり、うなだれたりしている者が多いように思われたのである。

それだけではない。その中に、ちらほらと見知った顔が交じっている気がした。

「まさか、この人たちは」

『──そう』

無色の声に応えるように、画面がエデルガルドの居城に戻る。

『ここは私の世界。「アルジェント・ティルナノーグ」。そしてこの世界には今、三九万五二九一人の「冒険者」が存在しているの』

「────」

エデルガルドの言葉に、無色は目を見開いた。

他の面々も彼女の言葉の意味を察したのだろう。思い思いの表情を作りながら、声を発する。

「ちょっと待て。現実で昏睡した連中が、ゲームの中にいるってのか？」

「魂の取り込み――確かに理論的には不可能ではないが、このような規模で……じゃと？」

エデルガルドはそんな反応を満足げに聞くと、大仰にうなずいてみせた。

『うん。ちょうどいい機会だし、みんなにもちゃんと説明しておこうかな。目的がよくわからなくて混乱してる人も多いみたいだし』

エデルガルドがぴょんと飛び跳ねるような動作をすると同時、またも映し出されていた映像が切り替わる。

数多《あまた》の冒険者たちが集った、大きな街の広場である。皆なんとか現状を把握しようとしてか、話し込んだり、言い合いをしたりしている。

『よいしょっと』

その中心に、突如としてエデルガルドの姿が現れた。

『へ……っ!?　な、何……？』

『何もないところから急に女の子が――！』

『こんなキャラいたっけ……？』

突然のことに、周囲にいた冒険者たちが驚愕の表情を作る。

しかしエデルガルドはそれに構う様子もなく、よく通る声を発した。

『あー、あー。どう？　広場以外のところにいる冒険者さんたちにも聞こえてるかな？

――うんうん、感度良好。大丈夫大丈夫。バグとかじゃないから。これからとっても大事なことを言うので、よく聞いてね』

エデルガルドはすうっと息を吸うような仕草をすると、

『どうも。妖精王エデルガルドです。皆さんの魂をゲームの中に閉じ込めちゃいました』

なんとも軽い調子で、その絶望的な情報を口にした。

突然の宣言に、周囲の冒険者たちがポカンとしたのち、ざわめき出す。

『は……？』

『何何。なんかのイベント？』

『知らねえよ……そもそも何が起こってるのかもわかんねぇのに』

エデルガルドは構わず、あとを続けた。

『えー、元の世界に戻る方法はただ一つ。妖精王である私を倒すことです。制限時間は二四〇時間以内。もしもその時間内に私を倒せなければ、永遠に元の世界には戻れません』

エデルガルドは、ニッと唇の端を歪《ゆが》めた。

『いや――戻る世界が無くなっちゃうって言った方が正しいかな？』

「……っ、テメェ」

冗談めかしたようなその言葉に、アンヴィエットが剣呑《けんのん》な表情を作る。

とはいえそれも無理からぬことであった。それは、決して悪趣味な冗談や比喩表現などではなかったのである。

エデルガルドは今、全世界のネットワーク及び電子機器を掌握した状態にある。極端な話をすれば、彼女がその気になったなら、世界中に核の雨を降らせることだって不可能ではないのだ。

呆気《あっけ》に取られる冒険者たちの中、エデルガルドが至極呑気《のんき》に手を振ってみせる。

『というわけなので、皆さん頑張ってレベルを上げて、妖精王をやっつけましょう。でないと、皆さんの大事な家族や仲間も死んじゃうかもしれません。それじゃあ――』

と。

エデルガルドが話を終わらせようとした、まさにその瞬間であった。

『――おおぉぉッ！』

そんな声が響くと同時、画面の中に新たな人影が現れた。

軽鎧《ライトメイル》を纏《まと》った少年が、剣を振り上げ、エデルガルドに襲いかかったのである。

「なんだ、何ごとだ？」

「あれは――」

その姿を見て、無色《むしき》は目を丸くした。

だがそれも当然だ。そこに現れたのは、昏睡状態に陥っている〈庭園〉の生徒――宗方《むなかた》半次《はんじ》だったのだから。

「宗方……⁉」

『ふぅん、やるね。いち早く状況を理解し、私を狙うなんて。一般人の腹の据わり方じゃない。魔術師かな？』

宗方の一撃を軽々とかわしたエデルガルドは、ふわりと空中に飛び上がると、悠然と手を前に伸ばした。

『普通のゲームでは御法度《ごはっと》だけど、そういう姿勢は嫌いじゃないよ。――ご褒美《ほうび》に、ちょっとだけこっちの手の内を見せてあげようかな？』

そしてそう言って、パチンと指を鳴らす。

それに合わせるようにして、画面に微《かす》かなノイズが走ったかと思うと、画面の中に何者かの影が現れた。

『ぐぁ……っ⁉』

次の瞬間、エデルガルドに攻撃を仕掛けた宗方が苦悶《くもん》の声を上げ、その場に倒れ伏す。

周囲の冒険者たちが悲鳴を上げた。

「え――」

「何があったの？　一体……」

突然の事態に、無色たちは表情を困惑の色に染めた。

宗方がやられてしまったことだけはわかる。けれどあまりに一瞬の出来事であったため、誰が何をしたのかが、一切見取れなかったのである。

しかしその回答は、すぐにこの上ない形で無色たちの目の前に示されることとなった。

『――怪我《けが》はないかな、マイ・レディ』

そんな気障《きざ》ったらしい台詞《せりふ》を伴って、先ほどは影しか見えなかった謎の人物が姿を現したのである。

『ええ。おかげさまで』

『それは何よりだ。君の美しい肌に傷一つつこうものなら、わたしは自らの喉に短剣を突き立てていたところさ』

「な……」

「どうなってんだ、こりゃあ……」

「………………」

それを見て、作戦司令本部に居並んだ面々は、思い思いの驚愕《きょうがく》を示した。

だがそれも無理からぬことだろう。何しろそこに現れたのは――

『それにしても、いけない子だ。わたしのエデルに刃《やいば》を向けるだなんて』

最強の魔術師・久遠崎彩禍《くおざきさいか》その人であったのだから。

髪を綺麗《きれい》に結い上げ、貴公子然とした衣装を身に纏ってはいるものの、その端整な顔は、そしてその極彩色《ごくさいしき》の双眸《そうぼう》は、間違いなく彩禍のそれであった。

「彩禍……じゃと？」

「まさか！　魔女様まで魂をゲームに取り込まれていたっていうんですか……!?」

驚愕を露《あら》わにする瑠璃《るり》に、無色は自らを指さしながら首を横に振った。

「わたしはここにいるよ、瑠璃」

「は……っ！　そうでした！　ではあの格好よすぎる魔女様は一体……!?」

瑠璃の言葉に、後方に控えていた黒衣《くろえ》が目を細めた。

「恐らく、ＮＰＣ《ノンプレイヤーキャラクター》というやつでしょう。エデルガルドが作り出した、いわばモンスターのようなものではないかと。わざわざ彩禍様の姿を模しているのは悪趣味と言わざるを得ませんが」

『はは。モンスターとは酷《ひど》い言われようだな。エデルの守護者とでも呼んでくれ』

画面の中の貴公子彩禍が、大仰に肩をすくめながら言う。

しかし黒衣は取り合わず、ヒルデガルドの方に視線をやった。

「いかがでしょう、騎士ヒルデガルド。あなたの見立てを聞かせてください」

「…………………」

が。ヒルデガルドはまったく反応を示さなかった。

不思議に思いそちらを見やると、ヒルデガルドが画面を見つめたままポカンと口を開き、目を点にしていることがわかる。

……なんだろうか。彼女の心境は推測することしかできないのだが、妹の遺《のこ》したＡＩが暴走し、とんでもない事件を引き起こしてしまった——ということに対する戦慄や悲哀、怒りだけでは、こんな顔にはならない気がした。

「騎士ヒルデガルド？」

「………………はっ」

改めて呼びかけられ、ヒルデガルドはようやく気づいたようにビクッと肩を震わせた。

そして顔中に冷や汗を浮かべ、目を泳がせながら声を絞り出してくる。

「ち、違うよ……あ、あああれはそういうんじゃなくて……」

「ＮＰＣではないのですか？」

「え……あ、や、……ＮＰＣだと思います……」

「…………？」

歯切れの悪い返答に、黒衣が首を傾《かし》げる。

しかし黒衣は、それ以上ヒルデガルドを追及しようとはしなかった。画面の中のエデルガルドが、くすくすと笑い声を響かせたのである。

『――ふふふ。まあ、説明はだいたいそんなところかな。制限時間以内に守護者を退けて私を倒せば、みんなの勝ち。倒せなければ、私の勝ち。シンプルなルールでしょう？

新規参加者も歓迎するよ。スマートフォンかパソコンで「アルジェント・ティルナノーグ」をプレイしてくれれば、自動的に術式が発動してこっちの世界に来られるようになってるから。腕に覚えのある冒険者は、奮って参加してね』

言って、エデルガルドがぱちりとウインクをしてみせる。

その言葉が画面の向こう――無色たちに向けられていることは明白だった。

『さあ――遊ぼうよ。お姉ちゃん』

エデルガルドは最後にそう言うと、にこやかに手を振った。

次の瞬間、画面がブラックアウトし、何も映らなくなる。

「――――」

数瞬の沈黙が、作戦司令本部に満ちる。

それを裂くように息を吐いたのは、エルルカだった。

「遊ぼう——か」

腕組みしながら、難しげに眉根を寄せる。

「動機の真偽はさておき、選択の余地はなさそうじゃの。——あらゆる電子機器を思うがままに操れるとなれば、それは文明社会を支配するに等しい。先刻のミサイルの件を見るに、既に軍事施設をも掌握していると考えてよいじゃろう。あやつを倒さねば何が起こるのかは想像に難《かた》くない」

「くそ……ッ！　ふざけやがって。上等だ。ブッ潰してやらァッ！」

エルルカの言葉を受け、アンヴィエットが苛立《いらだ》たしげにテーブルを叩《たた》いた。

「潰す、か。如何《いか》にしてじゃ？」

「AIったって、現実にモノがなきゃあ存在はしねェはずだ。サーバなりコンピュータなりブッ壊せば——」

「然《しか》り。なればこそ、その場所を割り出すことのできるシルベルをおびき出し、無力化したのじゃろうな」

「ぐ……ッ！」

アンヴィエットが悔しげに声を漏らし、渋面を作る。

「じゃあどうしろってんだ？　あいつの言うとおり、ゲームに参加でもしろってのか？」

「――ゲームをクリアするという方針自体には賛成ですが、彼女の示した手順に従うのは危険かと」

「あァ？」

黒衣の返答に、アンヴィエットが眉根を寄せる。黒衣は補足するように続けた。

「『アルジェント・ティルナノーグ』は今、エデルガルドが支配しています。そこに正規の手段で入るのは、彼女にルールを強制されるのと同義です。なんの対策もなく第四顕現の中に足を踏み入れるようなものでしょう」

アンヴィエットは、意味がわからないといった様子で首を傾げた。

「ならどうやってゲームをクリアしろってんだよ」

「無法には無法です。――騎士ヒルデガルド」

言って黒衣が視線を向けると、ヒルデガルドはまたも焦《あせ》ったように首を横に振った。

「……っ⁉　わ、私はそんなつもりじゃ……」

「先ほどから何を言っているのですか」

黒衣が半眼を作りながら淡々と言う。ヒルデガルドは「ご、ごめんなさい……」と弱々しく肩をすぼめた。

「まあ、いいです。――それよりも騎士ヒルデガルド。あなたの第二顕現であれば、先ほどのように『アルジェント・ティルナノーグ』に強制アクセスすることができますね？」

「あ……うん。それはできると思うけど……」

でも、とヒルデガルドが眉を八の字にする。

「それでエデルをどうこうしたり、サーバの所在を見つけたりっていうのは難しいと思う……」

「構いません。あなたに頼みたいのは別のことです」

「別のこと……？」

黒衣はヒルデガルドの目を見据えながらうなずいた。

「エデルガルドが仕込んだプログラムを逆に利用して、我々魔術師の魂を『アルジェント・ティルナノーグ』に送り込んで欲しいのです。――術式を保有した状態で」

「え……？」

黒衣の言葉に、ヒルデガルドは目をぱちくりさせた。

「術式を――保有？」

無色もまたヒルデガルドと似たような顔を作りながら、黒衣に問い掛ける。すると黒衣はこくりと首肯しながら続けてきた。

「ええ。覚えていらっしゃいますか。宗方《むなかた》さんがエデルガルドを襲撃した場面を」

「ああ、もちろん……」

言いかけて、無色《むしき》はハッと息を詰まらせた。

「あのとき彼は、第二顕現を使っていなかった――？」

「その通りです」

黒衣は目を伏せながら首を前に倒した。

「顕現術式を主流とする現代魔術師が、敵を襲撃する際に第二顕現を用いないのは非常に不自然です。魔術師の力を削《そ》ぐためなのか、ゲームの世界観を守るためなのかはわかりませんが、恐らく、『アルジェント・ティルナノーグ』の中に取り込まれる際に術式情報が剝奪されているか、制限されているのでしょう。

――裏を返せば、魔術師が術式を保有した状態でゲームに侵入することができれば、大きなアドバンテージを握ることができると言えます」

「なるほど――」

無色は思案を巡らせながらあごに手を置いた。

黒衣の推測が正しいとするなら、確かに有効な手段のように思える。無色はヒルデガルドの方に目をやった。

「面白い手段だ。お願いできるかい、ヒルデ」

するとヒルデガルドは、またも身体《からだ》を大きく震わせた。

「そ、それって……みんながあのゲームの中に入るってこと……？」

「ああ」

「っていうことは……あの王子様みたいな彩禍ちゃんと戦ったりする……かもしれないわけだよね……？」

「彼女がエデルガルドを護《まも》っている以上、そうなる可能性が高いだろうね」

「…………………………………………………………………………」

無色の言葉に、ヒルデガルドはしばらくの間無言になった。

とはいっても言葉を発していないだけで、何も反応がないわけではなかった。眼鏡のレンズの奥で眼球が小刻みに動き、呼吸ははぁはぁと荒くなり、汗はとどまるところを知らない。このまま放っておいたら溶けてなくなってしまいそうだった。

「ヒルデ。ヒルデ。大丈夫かい？」

「は……っ！　あ……う、うん……」

無色が呼びかけると、ヒルデガルドは慌てたようにそう答えてきた。眼鏡がものすごく曇っていた。なんだか先ほどよりも少し痩せている気さえした。

明らかに尋常な様子ではない。無色は小首を傾げながら問い掛けた。

「もしかして、何か問題があるのかい？」

「……っ⁉　も、問題⁉　ないよ⁉　何一つ！　ありませんともさ！」

ヒルデガルドは妙な口調でそう言うと、ドンと胸を叩いてみせた。

「……？　そうかい？　ならいいのだが……」

彼女の様子が気にならないといえば嘘《うそ》にはなるが、今はとにかく時間が惜しかった。促すように続ける。

「では頼むよ、ヒルデ。君の手腕に世界の命運がかかっている」

「う、うん……」

ヒルデガルドは躊躇《ためら》いがちにうなずくと、ぽつりと呟《つぶや》くように言った。

「……じゃあ、私一人で行ってくるね……」

「騎士ヒルデガルド」

しれっと再度第二顕現を発現しようとしたヒルデガルドを、黒衣《くろえ》が制止する。

「如何に術式情報を保有したままとはいえ、一人では危険です。いつからそんなに武闘派になったのですか」

「ま、前からだよ。一人軍隊《ワンマンアーミー》とは私のことだい……！」

言って、シュッシュッとシャドーボクシングをしてみせる。

そのあまりにヒルデガルドらしからぬ行動に、周囲の皆はポカンとしてしまった。

数秒後、ヒルデガルドもようやく自分でその違和感に気づいたのだろう。恥ずかしそうに頬を赤くすると、しゅんと肩を落として「あっす……冗談です……」と呟いた。

「ふざけるのはそれくらいにして、準備してください。制限時間がある以上、あまり悠長に構えていることもできません」

「う、うん。ごめん……じゃあ、同行する人は、術式情報を保有して……」

「はい」

「その代わり視覚情報と聴覚情報をオフにするってことで大丈夫……？」

「大丈夫な要素ありました？」

黒衣が少し苛立たしげに半眼を作った。

「なぜ視覚と聴覚をわざわざ閉ざすのですか。勝てるものも勝てなくなってしまいます」

「で、でもほら……あえて感覚を遮断することで、別の力が研ぎ澄まされるとかされないとか言うし……」

「そういう達人の存在は否定しませんが、即興でどうにかなることではないでしょう」

黒衣はうんざりしたように言うと、腕組みしながらヒルデガルドに詰め寄った。

「何をそんなに嫌がっているのですか。なんの冗談でもなく世界の危機なのですよ。妹さんそっくりのAIと戦いたくないという気持ちはわからないではありませんが――」

「あっ……うん……まあそれもなくはないんだけど……」

「それも？」

「……！　な、なんでもない……！」

ヒルデガルドは誤魔化すようにブンブンと首を横に振った。

そんな彼女の様子を見てか、やれやれといった様子でエルルカが息を吐く。

「なんじゃ。そんなに自信がないのか？　ならば仕方ない。気は進まぬが、志黄守《しきもり》に応援を要請――」

「――ぎゃあああああああああぁぁぁぁぁぁぁぁっ⁉」

エルルカの言葉を遮るように、ヒルデガルドが絶叫を上げた。突然のことに、皆驚いて彼女の方を見る。

ヒルデガルドはハッと肩を揺らすと、居心地悪そうに身体を揺すったのち、やがて観念したように大きく息を吐いた。

「……わ……わかった。オーケー。大丈夫。私はクール。他の人に行かれるくらいなら私がやる……ちゃんとパーティーも組むよ。世界のためだからね……世界のためなら仕方ないよ……くそっ、世界め……」

最後にぼそっと何か聞こえた気もしたが、とりあえず気にしないことにして、無色は先を促した。

「ではヒルデ。わたしたちはどうすればいいのかな？」

「あ、うん……」

ヒルデガルドは、自分に注目が集まっている状況に気後れするような様子を見せながらも、気を取り直すように咳払《せきばら》いをして続けてきた。

「たぶんだけど……ゲームの世界に送り込めるのは、私を含めて四人までになると思う」

「ほう。理由を聞いても？」

「単純に、私の第二顕現に限界があるのと……あとは、『アルジェント・ティルナノーグ』のマルチプレイ時のパーティー編成が四人までだから……」

「……ふむ？」

ヒルデガルドの言葉に、無色は小首を傾《かし》げた。

無色と同様の疑問を覚えたのだろう。黒衣が不審そうに問い掛ける。

「随分詳しいですね。まさか」

「あ……うん。私もプレイしてるから、『アルティナ』。やっぱ話題作には触れておかないといけないし。レベルは五四でレリックは一〇八個。今手に入るのはだいたいコンプしてるかな……。今日は巡魂祭《じゅんこんさい》の準備があったからさすがに起動してないけど……」

「…………」

「…………」

あっけらかんと答えたヒルデガルドに、無色と黒衣は目を見合わせた。

……危ないところである。もしも今日巡魂祭の準備がなく、ヒルデガルドがゲームを起動していたなら、彼女もまた、ゲームの世界に魂を囚《とら》われていたかもしれなかった。

もしそのような事態になっていたら、電脳世界に住まうＡＩエデルガルドに辿《たど》り着く術《すべ》が完全に失われていたかもしれない。背筋が冷たくなる無色だった。

その事実に気づいているのかいないのか、ヒルデガルドは気にする風もなく続けた。

「それで……ゲームの世界に行くメンバーを決めたいんだけど……」

「それなら話は早《はえ》ェ。オレに行かせろ」

ヒルデガルドが言うと、アンヴィエットが親指で自分を示しながら声を上げた。

しかしそんなアンヴィエットに、ヒルデガルドが渋い顔をする。

「あっ……あー……うん……ええっと……」

「あァ？　何か問題でもあるのか？」

「問題っていうか……その……男の子はちょっと……キツいっていうか……」

「いやキツいってなんだよ⁉」

声を荒らげるアンヴィエットに、ヒルデガルドが悲鳴を上げて無色に縋《すが》り付いてくる。

突然のことに少しドキッとするが、今の無色は彩禍《さいか》である。動揺を表に出さず、よしよしとその頭を撫《な》でてやった。

「アンヴィエット。そうヒルデを怖がらせるものではないよ」

「騎士ヒルデガルドにも考えがあるのかもしれません。とりあえず聞いてみましょう」

「……あー、くそ。わぁーったよ。じゃあ誰にするってんだ」

無色と黒衣が言うと、アンヴィエットは未《いま》だ腑《ふ》に落ちない顔をしながらも、一応は承諾を示すように首肯してみせた。

「ではヒルデ。君が考える、最良のゲーム攻略メンバーを教えてくれ」

「う、うん……」

ヒルデガルドはこくりとうなずくと、しばしの逡巡《しゅんじゅん》ののち、無色の方に向き直ってきた。

「まずは……彩禍ちゃん……かな」

「ん、わかった。全力を尽くそう」

無色《むしき》は悠然とした調子で、その要請に応えた。

実際、さほど驚きはなかった。未知の世界に足を踏み入れ未知の敵に挑もうというときに、最強の魔術師たる久遠崎《くおざき》彩禍を選ばないはずはなかったのだ。

無論、無色としては緊張と不安に押し潰されそうではあったのだけれど、ほんの僅かもそれを悟られないように努める。今の無色は彩禍であり、彩禍がこのようなことで狼狽《ろうばい》を露《あら》わにするはずはなかったからだ。

ただ、一つだけ気になることがある。無色は小声で黒衣に話しかけた。

「……魂を送り込むという話だが――その、大丈夫かな？」

無色は今彩禍の身体をしているが、魂は当然無色のものである。ゲームの中に入った瞬間無色に戻ってしまうのではないかと思ったのである。

すると黒衣は、無色の不安を察したように首肯してきた。

「術式は肉体に刻まれるもの。騎士ヒルデガルドの第二顕現で術式情報を保有したままゲーム内に侵入できるのならば問題ないでしょう。二つの身体を結びつけている融合術式もまた、術式には違いありませんので」

「なるほど……」

無色が言うと同時、ヒルデガルドが次なる同行者に視線を向けた。

「二人目は……じゃあ……瑠璃《るり》ちゃん」

「──っしゃオラァッ！」

名を呼ばれた瑠璃がグッとガッツポーズを取る。

が、すぐにハッと肩を震わせると、コホンと咳払いをして居住まいを正した。

「光栄です。必ずやお役に立ってみせます」

するとそんな瑠璃に、黒衣がジトッとした半眼を向ける。

「瑠璃さん。ゲーム内で偽彩禍《にせ》様に遭遇しても、写真や握手を求めてはいけませんよ？」

「そ……っ、そそそそんなことするわけないじゃないいやぁねぇ！」

瑠璃が目を泳がせながら声を上擦らせる。黒衣がやれやれとため息を吐《つ》いた。

……まあ、とはいえ瑠璃の気持ちもわからなくはない。今は彩禍モードなのでどうにか抑えたが、正直無色も先ほど画面に貴公子彩禍が映し出された瞬間、スマートフォンに手が伸びそうになってしまっていた。黒衣が近くにいてくれなかったら危なかった。

「………………」

アンヴィエットの眉が小さく揺れる。どうやら自分は断られたのに、瑠璃がメンバーに入っていることが気に障《さわ》ったらしい。とはいえ、とりあえずは最後まで話を聞くつもりではあるようで、特に口を出してくることはなかった。

「それで、最後……三人目は――」

ヒルデガルドは作戦司令本部に居並ぶ面々を見渡すように視線を巡らせると、とある人物の前で動きを止めた。

「――黒衣《くろえ》ちゃん。……お願いできるかな？」

「ええ、もちろんです」

「ちょっと待てえええええッ！」

黒衣が物怖《ものお》じする様子もなく簡潔に答えると、アンヴィエットがたまりかねたように大声を上げた。

「百歩譲って不夜城《ふやじょう》はいいとして、なんで最後の一人がオレでもエルルカでもなく久遠崎の侍従なんだよ！」

「烏丸《からすま》黒衣です」

「ああ、悪い。……じゃなくて！」

アンヴィエットはブンブンと首を振り、続けた。

「烏丸ァ！　テメェこの前編入したばっかだったな⁉　魔術師等級は！」

「C級です」

「ほらもう駄目だろどう考えても⁉　死ぬぞ⁉」

「ここから上がる余地しかありません。無限の可能性を秘めたC級です」

「いいように言いやがって！」

アンヴィエットが身を仰《の》け反《ぞ》らせながら頭をガリガリとかく。もはや自分が選ばれなかった不満より、等級の低い生徒を戦場に送り込む不安の方が大きいように見えた。

ちなみにC級とは、顕現術式で言うと、第一顕現が発現できると認定された者を示す等級だ。〈庭園〉高等部の最低入学基準でもある。アンヴィエットが噴き上がるのも無理からぬこととは言えた。

まあ黒衣の場合、単に認定を受けていないだけであるような気もするのだが……そんなことをアンヴィエットが知るはずもない。

「まあ落ち着け、アンヴィエット」

と、そんなアンヴィエットに、エルルカが声をかけた。

「やつの言《げん》が真実であるかわからぬ以上、戦力を偏らせすぎるのは愚策じゃろうて。それに、これはヒルデの領分じゃ。任せてみてもよかろう。

——わしは医療棟に向かう。アンヴィエット、ぬしは外部にて待機せよ。あのＡＩが軍事基地を掌握している以上、また何らかの攻撃がある可能性が高い。広範囲への対応力なら、彩禍を除けばぬしが適任じゃ」

「そ、そうは言うがよ……」

「なんじゃ？　まさか自信がないのか？　そうか、それは悪いことを言ったの。高速で迫り来る兵器を無力化するは至難。彩禍にはできたが、ぬしには酷な話じゃったか……」

「……あァ⁉」

エルルカが煽《あお》るように言って肩をすくめると、アンヴィエットがビキビキと額に青筋を立てた。

「誰に何ができねェって？　ざけんなコラ。ンなもん目瞑《つぶ》りながらでも余裕だ！」

「本当かのう、彩禍と違ってぬしは緊張に弱いからのう。自分が失敗すれば〈庭園〉の生徒に被害が出ると思ったら、焦《あせ》って手元が狂うのではないかのう」

「上《じょ》ォ等《とう》だッ！　目にもの見せてやらァッ！」

アンヴィエットは苛立《いらだ》たしげに叫ぶと、荒っぽく椅子から立ち上がり、ビッと黒衣に指を突きつけた。

「……何がなんだかわからねェが、オレを差し置いて行こうってんだ。C級とはいえ魔術師の端くれ。無様ァ晒《さら》すんじゃねェぞ」

「ええ。心得ております」

黒衣が恭《うやうや》しく礼をする。アンヴィエットがどこか居心地悪そうにフンと鼻を鳴らした。

そんな様子を見てか、瑠璃がひそひそと話しかけてくる。

「相変わらず素直じゃないですねぇ。心配なら心配って言えばいいのに」

「うん。内心もう納得はしているのに、引っ込みが付かなかったのだろうね。エルルカがわざとらしく煽ってくれたのも、助かったと思っているんじゃないかな」

「ちなみにわしが今のように助け船を出したあとは、よく飯を奢《おご》ってくれるのじゃ」

「ほう」

「まめですねぇ」

「聞こえてんぞテメェら！」

アンヴィエットは恥ずかしそうに頬を染めながら声を張り上げると、「……とにかく、任せたからな！」と残して作戦司令本部を出ていった。

無色はその背を見送ったのち、小さく息を吐き、ヒルデガルドの方に視線を戻した。

「ではヒルデ、早速頼むよ」

「う……うん。じゃあ彩禍ちゃん、瑠璃ちゃん、黒衣ちゃん。そこに並んで座って」

ヒルデガルドが促すように言ってくる。無色たちはそれに従い、並べられた椅子に腰掛けた。無色を中心として、右に瑠璃、左に黒衣が着席する。

「じ、じゃあ、いくよ。……第二顕現──【電霊手《ミーディアム》】……」

ヒルデガルドが両手を前方に掲げながら、その名を唱える。するとそれに応じ、再度界《かい》紋《もん》と顕現体が現れた。

ヒルデガルドの手元から伸びた無数のコードが、まるで意思を持った触手のように蠢《うごめ》き、無色たちの方へと近づいてくる。その絵面に、瑠璃が汗を滲《にじ》ませた。

「なんか……もうちょっとこう、なんとかなりませんか、これ」

「ご、ごめん。ちょっとだけ我慢して。みんなの情報を取り込まないといけないから……」

ヒルデガルドが申し訳なさそうに言うと、無色たちの身体《からだ》を検めるかのように這《は》い回っていたコードが、その先端をパッチのように変化させ、額に、首に、あるいは腕に張り付いた。

「よし……準備完了。い、いくよみんな。覚悟はいい？」

ヒルデガルドが、両手に顕現した球形コントローラーを操作しながら言ってくる。

今さら覚悟が決まっていないはずはない。無色たちは首肯とともにそれに応じた。

「ああ、もちろん」

「では魔女様、次はゲームの中でお会いしましょう」

「お願いします、騎士ヒルデガルド」

思い思いの返答を受け、ヒルデガルドは力強くうなずいた。

「『アルジェント・ティルナノーグ』──潜航開始《ログ・イン》！」

ヒルデガルドがそう言って、両手の球形コントローラーを捻《ひね》った瞬間。

「────」

まるで電源が落ちるかのように、無色の視界はブラックアウトした。

◇

『──さあ、冒険者よ。目を覚ますのです──』

「ん……う……」

聞き慣れぬ声がどこかから響いている。

軽い頭痛を覚えながら、無色は目を覚ました。

『──ここは三つの島からなる世界、ティルナノーグ──』

その間も、謎の声はトーンを変えず、朗々と何かを呟《つぶや》いていた。

無色に語りかけているのかとも思ったが、そういうわけでもないらしい。無色の反応を確かめるでもなく、決まった文章を読み上げるかのような調子で声が響く。

時間の経過に従い、ぼんやりとしていた意識が実像を帯びていく。そこでようやく無色《むしき》は思い出した。――ヒルデガルドの第二顕現によって、『アルジェント・ティルナノーグ』の世界に送り込まれたことを。

『――まず、あなたの分身となるキャラクターを作りましょう！』

と、それまでとは違う調子の声が響く。

「――――！」

その瞬間、闇に包まれていた周囲の空間にパッと光が灯《とも》った。突然のことに、少し驚いてしまう。

なんとも不可思議な場所である。傷一つない滑らかな地面。明かりに照らされている範囲はどうにか見取れるのだが、その先は何も窺《うかが》い知れない。果てもなく茫洋《ぼうよう》と広がっているようにも思えたし、すぐに壁に突き当たってしまいそうにも思えた。

「ん――」

そこで無色は、いつの間にか目の前に奇妙なものが現れていることに気づいた。

空中に、画面のようなものが投映されている。どうやら名前の入力欄らしい。既にデフォルトネームとして、『久遠崎彩禍《くおざきさいか》』の名が入力されていた。

少し戸惑いながらも『完了』のボタンをタップする。

すると、次の画面が開いた。

『戦士』『魔術師』『僧侶』『盗賊』『武闘家』『遊び人』——などなど、様々な職業の名と、簡易的なイラストが記されている。

「職業を決めろ、ということかな……？」

無色は小さく呟くと、特に悩むこともなく『魔術師』を選択した。

ゲーム上の職業と意味合いが違うことは百も承知なのだが、彩禍の姿をしている以上それが王道だと思ったのである。

すると今度は、画面に無数のアイコンが表示され、無色の前に巨大な鏡が現れた。

「ふむ、なるほど……」

画面には、『髪型』『目』『鼻』『口』『耳』『体格』『声』『その他』など、様々な項目が記されている。きっとそれを弄《いじ》ることにより、自分が操作するプレイヤーキャラクターの外見を好きにカスタマイズすることができるのだろう。

とはいえ、今の無色にそんなことをする必要はなかった。細かいカスタマイズをしているような時間はなかったし、何より今鏡に映し出されている少女の姿は、どこからどう見ても完全無欠で、変更したい箇所など存在しなかったのである。

「ふっ」

無色は小さく息を吐くと、迷うことなく『完了』ボタンをタップ――

しようとして、ぴたりと指を止めた。

確かに彩禍の美貌は完璧だ。美しい双眸《そうぼう》。長い睫毛《まつげ》。通った鼻筋。桜の花びらの如《ごと》き唇。たたでさえ最高の素材が、奇跡の如きバランスで組み合わさることにより、天の国を地上に再現している。何一つ変える要素などありはしない。

けれど。けれど、だ。

示された項目の中で『髪型』だけが、眩《まばゆ》い輝きを放っている（ように見えた）。

――彩禍の髪型を、変える。

無論、無色とて今まで思い描かなかったわけではない。試みようとしなかったわけではない。

だが、この世で最も尊き貴人の身体を預かっている以上、そう勝手な真似《まね》はできなかったし、彩禍としての身なりは黒衣《くろえ》に徹底管理されていたため、あまり選択肢がなかったのも事実なのだ。

基本のストレート、運動時のポニーテール、お風呂上《ふろあ》がりの無造作アップ――今まで無色が目にした髪型はそんなところだろう。

もちろん不満などあろうはずがない。無色は密《ひそ》かにそれらを三種の神器と称し、心の中で崇《あが》め奉《たてまつ》っている（それとなく聞いてみたら瑠璃《るり》も同じことをしていた）。

しかし、ここでなら。ゲームの世界でなら、ノーリスクで彩禍の髪型を変化させることができる。

もしも彩禍が別の髪型――それこそツインテールやおさげ、ショートカットやシニヨンなどになったなら、それは――

「……いや、いや。落ち着け、落ち着け」

これ以上の妄想は危険だ。無色は自分に言い聞かせるように呟いた。

今は世界の危機。ことは一刻を争うのだ。そんなことをしている暇はない。

無色は心拍を落ち着けるため深呼吸をすると、改めて『完了』のボタンをタップした。

するとそれと同時、周囲の空間が、パァッと光に包まれる。

『――それでは冒険を始めよう。

勇敢なる冒険者よ。ようこそ、ティルナノーグへ――！』

そんな音声が響き、無色の視界が真っ白に染まる。あまりの眩さに、無色は思わず目を瞑ってしまった。

「……っ」

それから何秒ほど経《た》った頃だろうか。

暖かい風が頬を撫《な》で、無色はゆっくりと目を開けた。

「――！　ここは……」

そして周囲の様子を見回し、驚きの声を漏らす。

だがそれも当然だろう。何しろ無色が目を閉じていた数秒の間に、周りの風景が様変わりしていたのである。

先ほどまでの無機的な空間とは打って変わって、自然の息吹溢《いぶきあふ》れる草原が広がっている。

一陣の風が吹き抜け、緑の絨毯《じゅうたん》をざわざわと波打たせた。

空は晴天。眩い太陽が、疎《まば》らな雲の影を地面に落としている。果てが知れないほど遠くに延びた道の向こうに、ぼんやりと白んだ巨大な山々が聳《そび》え、その前方に街のような建物の群れがうっすらと見えた。

ここが虚構の世界とはにわかには信じられないような、鮮烈なリアリティ。魂がゲームに取り込まれたことによって認識も適応させられているのか、現実世界で画面を見ていたときに覚えたCG感は一切なくなっていた。

視覚や聴覚だけではない。微《かす》かに鼻腔《びこう》をくすぐる草の香に、頬を撫でる風の感触。無色の五感が総力を以《もっ》て、この世界の情報を詳細に伝えてくる。恐らく食べ物を口に運べば、その味さえも鮮明に感じ取ることができるだろうという確信があった。

「……なるほど。凄《すさ》まじいな。擬似的な第四顕現とはよく言ったものだ」

無色は微かな戦慄とともに賞賛を口にした。

そして自分の身体を確かめるように視線を落とし、手を握ったり開いたりしてみる。

──特段違和感はない。現実にいたときと寸分違《たが》わず、身体を動かすことが可能だった。

「ほう……？」

と、そこで無色は気づいた。

身に纏《まと》っている服が、魔術師然としたローブに変貌していることに。

恐らく、キャラクターメイク時の職業選択が反映されているのだろう。そういえばゲームの世界に閉じ込められた人々も、皆ファンタジー感溢《あふ》れる衣装を纏っていた気がした。

惜しむらくは、自分の視点からはローブを纏った自分自身の姿が見られないことであるが……それはおいおいでよいだろう。今は先に確認せねばならないことがあった。

「ふむ──」

無色はもう一度周囲を見回した。辺りには長閑《のどか》な風景が広がっているのみで、近くに人影らしきものは見受けられない。

「一緒にゲームに入ったはずのヒルデや瑠璃、黒衣の姿もない──か」

てっきり同じ場所からスタートするものかと思っていたが、初期位置はランダムなのだろうか。それとも予期せぬトラブルか、エデルガルドが何らかの介入を行ったのか。『アルジェント・ティルナノーグ』なるゲームをよく知らない無色には判別がつかなかった。

「とにかく、まずは皆と合流せねばならないな」

いつまでもここにいても仕方あるまい。無色はとりあえず情報を集めようと、遠くに見える街の影に向けて進路を取った。

が――

「…………！」

そこで、無色は不意に足を止めた。

何やら危機感を煽《あお》るようなサウンドエフェクトが響いたかと思うと、突然背後に何者かの気配が現れたのである。

同時、自分のＨＰ《ヒットポイント》を示すようなゲージが、目の前に出現する。

無色は直感的に、敵と遭遇《エンカウント》したのだと理解した。

思えばここはゲームを始めて最初の草原。戦い方のチュートリアルとして雑魚《ざこ》モンスターが出てくるのは常道である。

「なるほど。にわかにゲームらしくなってきたじゃあないか――」

無色は不敵に微笑《ほほえ》むと、バッと後方に振り返った。

ヒルデガルドたちと合流するのが第一目的ではあるが、この世界における立ち回りや戦い方を早めに知っておきたかったのも事実だ。強いモンスターを相手取る前に、最初の草原に出現するような弱いモンスターを倒して経験を積んでおくのも悪くはないだろう。

しかし。

「………は？」

後方を向いた無色は、目をまん丸に見開いてポカンと口を開けた。

だがそれも無理からぬことだろう。

普通、最初の草原に出てくるのは、所謂《いわゆる》雑魚モンスターだ。

しかし、無色の背後に立っていたのは――

「やあ、『わたし』。ティルナノーグへようこそ。

そして――さようなら」

陽色《ひいろ》の美しい髪を綺麗《きれい》に結い上げ、その身に貴公子然とした装束を纏った――

『久遠崎彩禍』その人だったのだから。

第三章　決め手は《恋愛シミュレーション》

「な……」

無色《むしき》は呆然《ぼうぜん》と、目の前に現れた人物を見つめていた。

だがそれも無理からぬことだろう。何しろ――

「おや、なんという顔をしているのかな。わたしの存在は既に知っていただろう？　レディ・エデルの守護者、この久遠崎彩禍《くおざきさいか》のことは」

そこにいたのは、エデルガルドを護っているはずの、貴公子彩禍だったのである。

「……随分と贅沢《ぜいたく》な出迎えだ。それとも、君はゲーム序盤に出てくるような雑魚キャラだったのかな？」

「はは。それでこそわたしのモデルとなった人物だ」

無色が緊張感を抑えながら言うと、貴公子彩禍は愉快そうに笑った。

「安心したまえ。わたしはこの世界でも最高クラスの強者であると自負しているよ。そもそもわたしは、『アルジェント・ティルナノーグ』のキャラクターではない。自らを守護させるために、レディ・エデルが外部から追加したイレギュラーのようなものさ」

「最強の象徴として、わたしの姿を模したキャラクターを使っている、ということか」

「ふ。そういう意図もあったろうね。魔術師にとって、この顔と名は特別だ」

冗談めかすような調子で貴公子彩禍が言う。無色は不敵な笑みを崩さぬまま返した。

「一応、光栄と言っておこう。だが、肖像権というものを知っているかい？」

「はは。今さらそのようなことを咎《とが》められるとは思っていなかった。もっと追及せねばならない罪状があるのではないかな。――それに何より、わたしのこの身体《モデル》は、レディ・エデルが用意したわけではなく、元から、あったものを流用しただけだしね」

「何……？」

無色が眉根を寄せるも、貴公子彩禍に答えるつもりはないようだった。「話を戻そう」と大仰な仕草で手を掲げてくる。

「――さて彩禍。君も一度くらい考えたことはないかい？　ロールプレイングゲームの敵は、なぜ最初は弱く、物語を進めるに従って徐々に強くなっていくのだろう、と。世界征服を目論《もくろ》む魔王は、最初から強いモンスターを勇者にけしかければ――さらに言うなら自ら出陣すれば、成長する前の勇者をいとも容易《たやす》く倒せるのに、と」

「…………」

貴公子彩禍の朗々とした声音に、じわりと汗が滲《にじ》む。

彼女が単なる世間話や問答をしているとは、到底思えなかったのだ。

「無論その理由は、それがゲームだからだ。プレイヤーを楽しませることこそが至上目的であり、コンピュータは人間に隷属する存在に過ぎないからだ。

だが。——だが、だ。もしも本気で、コンピュータと人間が、ゲームの中で勝負をしたならば。なんの忖度《そんたく》も配慮もなくプレイヤーを叩《たた》き潰しにかかったならば。容赦なくその手段を取るとは思わないかな？」

言って、貴公子彩禍が両手を広げてみせる。

その表情には、絶対的な自信と、サディスティックな愉悦が満ち満ちていた。

けれど無色は、不敵に唇の端を上げてみせた。

「なるほど。確かに君の言うとおりだ。だが、それはコンピュータ側からの理屈に過ぎない。一つ、見落としがあるのではないかな？」

「ほう、何かな？」

貴公子彩禍が面白がるように首を傾《かし》げる。

無色は右手を前に掲げながら、叫ぶように続けた。

「——ゲームを楽しむ意図がないのなら、プレイヤーキャラクターがレベル1から冒険を始めねばならない道理もないということだ！」

そして意識を集中させ、身体《からだ》に魔力を巡らせる。

「第二顕現──【未観測の箱庭《ステラリウム》】！」

その声に応ずるように、無色の頭上に二画の界紋《かいもん》が、右手に巨大な杖《つえ》が現れる。

極彩の魔女・久遠崎彩禍が誇る第二顕現。世界の在り方を自在に剪定《せんてい》する庭師の鋏《はさみ》。

ヒルデガルドの術式によって持ち込まれた、本来この世界に存在し得ない力である。

「はぁ……っ！」

無色は右手に力を込めると、杖の石突きを地面に突き立てた。

瞬間、地球を模した意匠がぼんやりとした輝きを帯び、地面がぐにゃりと歪《ゆが》む。

緑を湛《たた》えた大地は、まるで生き物のようにその身をうねらせると、巨大な怒濤《どとう》となって、貴公子彩禍を呑《の》み込むように展開した。

「ほぉう……⁉」

貴公子彩禍は驚嘆するように声を上げると、ニッと唇を歪め、前転でもするかのように勢いよく身体を丸めた。そんな彼女の身体を、無色の手足となった地面が覆い尽くす。

が、一瞬あと、無色は理解することとなった。

貴公子彩禍が身体を丸めたのは、その場から逃れるためでも、衝撃に備えるためでもなく、腰の得物を抜くためだったのだと。

「ふ――――ッ！」

鋭い吐息が響くと同時、貴公子彩禍を呑み込んだ土の塊に、縦横に光が走る。

無数の立方体となって土の檻《おり》が崩れ落ちる中、貴公子彩禍は精緻な装飾の施された細剣《レイピア》を構えながら、不敵に微笑《ほほえ》んでみせた。

「なるほど、面白い力だ。だが――」

貴公子彩禍は細剣の切っ先を無色に向けると、そのまま一直線に飛びかかってきた。

「この世界で『最強』と『設定』されたキャラクターと戦うということの無謀さを、君はまだ理解していないようだ！」

「く……！」

人間の脚力とは思えない、常識外れの速度。一拍反応が遅れる。

すんでのところで世界の形を変容させて障壁を形作る。しかし、貴公子彩禍の繰り出した刺突は、その障壁を容易く突き通した。

無色の目前に細剣の切っ先が閃《ひらめ》く。前髪が数本、風に吹かれて舞っていった。

「――わかるよ。君はきっと、本当に最強なのだろう。現実では、君に敵《かな》う者はいなかったのだろう。だが、ここはレディ・エデルの作り上げた世界。砂粒一つに至るまで、彼女の作意が行き渡った空間。あらゆる現象が、あらゆる法則が、あらゆる自然律が、彼女によって『設定』される！　その中で、わたしは『最強』と定められた！」

一瞬にして、障壁が切り裂かれる。嵐の如《ごと》き剣撃。

無色は地面を滑るように後方へと飛行しながら、極彩色《ごくさいしき》の魔力光を幾つも出現させた。

「落ちろ――ッ！」

第一顕現【非実在の深窓《ドミナクラフト》】。眩《まばゆ》い光が、無数の軌跡を描いて貴公子彩禍に迫る。

その光は、観測した可能性の中から術者にとって最良の結果を選び取る。ひとたび敵意ある相手に向けて放ったならば、必ずやその急所を撃ち抜くはずだった。

無数の光が貴公子彩禍に迫る。凄《すさ》まじい輝きとともに、爆音が響き渡った。

だが――

「無駄だ！」

外套《がいとう》を翻《ひるがえ》すようにして、貴公子彩禍が爆煙の中から姿を現す。

ダメージは確認できない。それどころか、その艶《つや》やかな髪にも、美しい肌にも、瀟洒《しょうしゃ》な衣服にも、汚れ一つ見受けられなかった。

「な……っ!?」

「わたしの能力値《パラメータ》は全てが上限値《マックス》。如何《いか》な攻撃でも、ＨＰを削ることはできない！」

つまり、と、貴公子彩禍が渾身《こんしん》の力を込めるように足を縮める。

「このゲームの戦闘においてわたしを倒すことは――何人《なんぴと》にも不可能なのだ！」

弾丸。彼女の刺突を表現するのに、それ以上の比喩はないように思われた。

これまでの攻撃は、恐らくまったく本気ではなかったのだろう。瞬《まばた》きの間さえなく、彼女は無色の目前まで肉薄していた。

極限まで研ぎ澄まされた意識の中でそれだけはなんとか認識することができたが、身体が反応を示そうとしない。銀の刃《やいば》は無色の無防備な喉へと吸い込まれていった。

が。まさに、その瞬間だ。

「――危なぁぁぁぁいっ！」

後方からそんな声が響くと同時、無色の視界がぐるんとひっくり返ったのは。

「は――――」

一瞬、何が起こったのかわからなかった。

次いで顔面に生じた衝撃と痛みで、ようやく理解する。

喉に剣先が触れるよりほんの一瞬だけ早く、何者かが無色の足を引っ張ったのだと。

そのお陰でなんとか必殺の一撃を避けることはできたのだが、不意に足を引かれた無色は、そのままバランスを崩して地面に顔から倒れ込んでしまったのだ。

「わ……っ、わわわわ……っ！　ご、ごめん彩禍ちゃん……」

焦《あせ》ったような声が響くと同時、またもぐいと無色の足が引っ張られる。

どうやら手ではなく、第二顕現のコードを無色の足に絡《から》みつかせていたらしい。逆さ吊《づ》りのような格好になりながら、無色は声の主の名を呼んだ。

「……ヒルデ」

「う、うん……！　助けに来たよ、彩禍ちゃん……！」

背に界紋を輝かせたヒルデガルドは、汗を滲ませながらこくりとうなずいてみせた。

ただ、妙に気になることがあった。ヒルデガルドの全身を眺めつつ、呟《つぶや》く。

「……その格好は？」

そう。謝辞、驚愕《きょうがく》、注意喚起――言うべきことはいくらでもあったのだが、何より先に気になってしまったのはそれだった。

とはいえそれも仕方あるまい。何しろヒルデガルドは今、戦いの場にはまるで相応《ふさわ》しくない衣装を身に纏《まと》っていたのだから。

光沢のあるエナメル地のボディコンシャス。足にぴっちりと張り付いた網タイツ。首元と手首には、装飾以外に意味を見いだせない襟とカフスが、そして頭部には、ウサギの耳を模したような飾りが揺れている。

一言で言うなら、バニーガールであった。

ヒルデガルドのスタイルと相まって、なんとも暴力的な見た目になっていた。

「は……っ！」

無色《むしき》に言われて自分の格好を思い出したように、ヒルデガルドが息を詰まらせる。

その拍子に無色の足に絡みついたコードが緩んでしまったのだろう。無色の身体は、そのままどさっと地面に落ちてしまった。

「うぐっ」

「ああっ！　だ、大丈夫……!?」

「……ああ。問題ない。首に風穴を開けられるよりは遥《はる》かにましさ」

無色は努めて平静を装《よそお》いながら身を起こした。彩禍《さいか》の美しい貌を二度も地面に打ち付けてしまうなど、本当ならば今すぐ泣き出したいところなのだが、彩禍ならばきっとこんなことでは狼狽《うろた》えないだろうという確信があったのだ。

ヒルデガルドは身を起こす無色に安堵《あんど》しながらも、言い訳をするように目を泳がせた。

「え……えっとね。ほら、私もともとこのゲームやってたって言ったでしょ……？　それで、ログインするときに自分のセーブデータも活《い》かせないかなーと思って試してみたの。間違っても……間違っても！　ゲーム世界にかこつけて露出したかったとか、そういうんじゃないから……！　むしろ醜い駄肉を見せつけてごめんなさいとは思ってるから……」

言いながら、ヒルデガルドが恥ずかしそうに肩をすぼめて手で身体を隠そうとする。無論、その程度で隠しきれるような暴力性ではなかったけれど。

「でも……でもね⁉　ゲーマーの端くれとして、見た目が恥ずかしいからって、この最強装備を選ばないわけにはいかなくて……！」

「つまり、もともとゲーム内で持っていた装備が反映された姿だと？」

「そう……！　そうなの！　この装備ね、凄《すご》いんだよ！　ステータス補正も状態異常耐性も優秀だし、何より通常攻撃に魅了効果が乗って、一定確率で敵を行動不能にするの！　そのうえ見た目がえっちでしょ……⁉　もう実装されたときは祭りだったよ。限凸するために一体いくら溶かしたか……」

ヒルデガルドが早口でそう言って、「くぅ……っ！」と目の端に涙を浮かべる。よくわからないが、いろいろ大変だったらしい。

しかし、いつまでも話し込んでいるわけにはいかない。無色は砂埃《すなぼこり》を払って顔を上げた。

貴公子彩禍は、少し離れた位置から、面白がるように目を細めていた。

「――驚いた。よもや援軍が来ようとは。よほど幸運に愛されていると見える」

UR
UR

「……ああ。幸運の女神とは五〇〇年来の親友でね」

無色が冗談めかして返すと、貴公子彩禍は、ふっと口元を歪めてきた。

「だが、だからといってどうするつもりかな？　ただ頭数を増やしたところでどうこうなるような話でないことはわかってもらえたと思うが？」

「ふ――」

貴公子彩禍の言葉に、無色は不敵に笑ってみせた。

「安心したよ。――君はやはり、贋物《にせもの》だ」

「ほう……？」

貴公子彩禍の目が冷たく細められる。

無色は緊張感を覚えながらも、余裕ある素振りを崩さぬよう努めながら続けた。

「我が騎士を捕まえて、ただ頭数を増やしただけ、とはね。君の主人は、相手の力の見定め方までは設定してくれなかったようだ」

「わたしへの暴言は許そう。しかし、愛《いと》しいレディ・エデルへの侮辱は見過ごせないな」

言って、細剣を構える。その所作は、歌劇を演ずる役者のように堂に入っていた。

「来るよ、ヒルデ」

無色は表情を警戒に染めながらヒルデガルドに呼びかけた。

が、当のヒルデガルドは。

「～～～～～～っ！」

なぜか顔を真っ赤にしながら、激しく身を捩《よじ》っていた。

その様は、喜びに悶《もだ》えているようにも見えたし、羞恥に喘《あえ》いでいるようにも見えた。

「……ヒルデ？　一体何をしているんだい？」

「は……っ⁉　や……これは……その……」

ヒルデガルドは目を泳がせながら、ぽつぽつと小さな声を発してきた。

「王子様彩禍ちゃんが喋《しゃべ》ってるやばさと、それを本物の彩禍ちゃんに見られてる死にたさで、なんか変な脳内麻薬出てる感じというか……うん、生まれてきてすいません……」

「……は？」

ヒルデガルドが何を言っているのかよくわからず、無色は眉根を寄せた。

するとヒルデガルドは、何やら吹っ切れたように乾いた笑いを浮かべ始めた。

「……ふ、ふぇひひ……ここまで見られちゃったらもう……ね……。なんか……逆に穏やかな気分になってきちゃった……。うん……最悪死ねばいいよね……？」

ヒルデガルドはそう言うと、キーボードに指を据えるかのような姿勢を取った。

すると対する貴公子彩禍が、唇の端を上げながら姿勢を低くする。

「面白い。何をする気か知らないが、その小細工ごと、わたしの剣が貫いてみせよう」

そして、わざとゆっくりと見せつけるように、刺突の構えを取っていく。

「ヒルデ」

無色の言葉に、ヒルデガルドは貴公子彩禍を見据えたままうなずいてきた。

「RPGのシステム上じゃあ、あの王子様彩禍ちゃんには誰も敵《かな》わない。でも——」

微《かす》かな緊張を表情に滲《にじ》ませながらも、ヒルデガルドが続ける。

「戦いに勝つことだけがゲームじゃないもんね」

ヒルデガルドはそう言うと、微かな声音で以《もっ》て何かを唱え始めた。

「——願う、願う、冀《こいねが》う。

うつろの海にまほろばの楽土を。まつろわぬこだまにひとときの安寧を」

独り言を呟くかのように、滔々《とうとう》と続ける。

「我が小部屋より出《い》でて象《かたち》を成せ。仮初めの享楽を盤上に捧《ささ》ぐ——！」

初めて耳にする文言。けれど無色は、彼女が何をしようとしているのかを漠然と察した。

そう。今のヒルデガルドからは、瑠璃《るり》、アンヴィエット、エルルカ——〈庭園〉騎士たちが魔術の秘奥《ひおう》を開帳するときと同様の圧力が発せられていたのである。

ヒルデガルドが、カッと目を見開く。

「第四顕現――【電影遊戯盤《ファナティックヘイム》】……！」

そしてその名を唱えたかと思うと、彼女の背に回路図を思わせる界紋《かいもん》が四画輝き――

周囲の景色が、ブロックノイズに呑《の》まれるように書き換えられていった。

一瞬前まで辺りに広がっていた草原や青い空が消え失《う》せ、正方形の升目が規則的に描かれた無機的な白い空間に様変わりする。まるでゲームの背景テクスチャが剝がされてしまったかのような様相だった。

第四顕現。それは魔術の極致であり到達点。顕現体を以て周囲の景色を塗り替える、究極の位階である。

「ここは……一体」

突然のことに驚いたように、貴公子彩禍が辺りを見回す。

するとヒルデガルドが、すうっと息を吸ったのち、眼鏡をクイと押し上げた。レンズが光を反射し、キラリと光る。常に気弱なヒルデガルドらしからぬ妙な凄みが漂っていた。

「私の第四顕現【電影遊戯盤《ファナティックヘイム》】は、結界内に取り込んだ対象に『ルール』を強制する……」

「ルール……？」

「そう――」

ヒルデガルドは、自分の前方に出現していた球形コントローラーに両手を差し入れると、指を複雑に動かし、操作してみせた。

「遊種指定《オーダー》！　《恋愛シミュレーション》……！」

そしてヒルデガルドが叫んだ瞬間、周囲の景色が再び変化していった。

「背景設定《シチュエーション》！　王立メモリア学園高等部！」

ヒルデガルドの声に従うように、背景が描かれていく。どうやら巨大な学舎の一角のようだ。〈庭園〉のように近代的な様相ではなく、クラシカルな西洋の城といった風情《ふぜい》だ。もっと言うなら、ゲームやアニメに登場するような、時代考証や建築工法などに細かい突っ込みを入れてはいけないファンタジックな造りの建物だった。

「対象《ターゲット》、確定《オン》。好感度《ステータス》、開示《オープン》」

次いで無色の目の前の空間に、半透明なウインドウが展開される。

見やるとそこに、貴公子彩禍の顔と、様々な数値が表示されていることがわかる。どうやら、貴公子彩禍のステータスらしい。

「ん……？」

が、そこで無色は妙なことに気づき、眉を揺らした。

普通、ＲＰＧのステータスといえば、ＨＰ、ＭＰ、攻撃力や防御力などが一般的だと思うのだが、ウインドウに記されていたのは、好感度、機嫌、親密度といった、あまり戦闘に関係のなさそうなものばかりだったのである。

「攻略《ゲーム》――開始《スタート》……！」

困惑する無色をよそに、ヒルデガルドが高らかに宣言する。

すると辺りを見回していた貴公子彩禍が、大仰に肩をすくめながら息を吐いた。

「なるほど、これは凄《すさ》まじい。まさか世界のテクスチャを塗り替えてしまうとはね。だが、これが一体なんだというのかな。如何《いか》なフィールドであろうと、ここがゲームの中である限り、わたしが最強であることに変わりは――ないッ！」

そして言うが早いか、ビロードの絨毯《じゅうたん》が敷かれた学舎の床を蹴り、刺突を放ってくる。

「…………！」

先ほどと違《たが》わぬ、目にも留まらぬ速度。

無慈悲な鋼の切っ先は、寸分の狂いなく無色の首を刺し貫いた。

――はず、だった。

「え……？」

「な――」

無色と貴公子彩禍の呆然《ぼうぜん》とした声が、広い学舎にこだまする。

だがそれも当然のことではあった。何しろ貴公子彩禍《さいか》必殺の一撃を受けたはずの無色《むしき》の身体《からだ》には、傷一つついていなかったのだから。

痛みも一切ない。かといって貴公子彩禍の細剣が折れているというわけでもなかった。彼女が掲げた銀色の剣は、僅かの刃こぼれすらなく、変わらぬ輝きを放っている。

途方もない違和感。まるで、互いに互いを害することを、自然法則によって禁じられているかのような感覚があった。

「――駄目だよ。王子様の彩禍ちゃん」

ヒルデガルドが、ゆらりと頭を揺らしながら眼鏡の位置を直す。

「ここはもう――ジャンルが違うんだから」

「何を……言って……」

貴公子彩禍が困惑するように声を漏らす。

するとそれに合わせるかのようなタイミングで、無色の目の前に新たなウインドウが表示された。

そこに記されていたのは――

①「ちょっと、いきなり何考えてるのよ。危ないじゃない」対等に返す。

②「きゃぁぁぁぁぁぁぁぁぁっ！　助けてぇぇぇぇぇぇっ！」尻餅をつく。

③「お見事なお手前です。剣が一段と冴《さ》えていますね」丁重に褒める。
④「ふ……ふぇひひ……なんですか突然……」上手《うま》く応対できない。
という、四つの選択肢だった。

「これは……？」

無色が目を丸くしながら言うと、ヒルデガルドが汗を滲ませながら説明してきた。

「えっとね……彩禍ちゃんはあんまり馴染《なじ》みがないかもしれないけど、恋愛シミュレーションゲームっていうのがあってね……相手キャラに適した選択肢を選ぶことによって好感度とか親密度が変化して、それによって反応やストーリーが変化したりするんだけど……」

「つまり、この中からあの『わたし』に適した選択肢を選べと？」

「……！　そう！　さすが彩禍ちゃん！　飲み込みが早い！」

「ヒルデがやらなくていいのかい？」

「わ……っ、私は……さすがに人前でアレするのはアレというか……」

ヒルデガルドがゴニョゴニョと口ごもる。よくわからないが、事情があるようだ。

「と、とにかく、お願い！　時間制限もあるから気をつけて！」

「ふむ――」

突然のことに困惑がないといえば嘘《うそ》にはなった。だが——

「なるほど。完全に理解した」

頭ではなく魂が、一瞬にして状況を把握した。

無色は視線を鋭く研ぎ澄ますと、額に指を触れさせた。

無色の背後に、無数の数式や図形、そして彩禍の画像やプロフィールが目まぐるしく現れては消えていく（イメージ）。

「——これを恋愛シミュレーションゲームと仮定するなら、相手は貴公子の『わたし』。媚《こ》びへつらう者や自分を利用しようとする者、縋《すが》り付く者には飽き飽きしているはず。幼い頃には無邪気に遊べる友もいたかもしれないが、成長するに従い皆身分の違いを自覚していった……生まれながらに全てを手にしているように見えて、本当に欲しいものは何一つ手に入れられていない。ならば『わたし』は——『久遠崎《くおざき》彩禍』は何を求める？　そう、身分の違いなど微塵《みじん》も気にせず、自分を一人の人間として見てくれる相手のはず」

無色は早口で呟《つぶや》くと、華麗な所作で、ッターン！　と①の選択肢をタップした。

「いきなり何を考えているんだ、君は。危ないじゃあないか」

そしてそこに記されていた言葉を、彩禍なりの言葉に変換して放つ。

「ぐぅ……っ!?」

すると、無色渾身《こんしん》の一撃にもまったくダメージを負わなかった貴公子彩禍が、目に見えない衝撃を受けたように、身体をよろめかせた。

「な、なんだ……この感覚は……ッ！」

貴公子彩禍が胸元を押さえながら、恍惚《こうこつ》とも苦悶《くもん》とも取れない声を漏らす。

それを見てか、ヒルデガルドがぐっと拳を握ってきた。

「す、すごい……！　初めてなのになんて的確な選択を……！　ていうかなんでそんなに細かく分析できるの……!?」

「ふ。あらゆるバリエーションの『わたし』は、常に研究しているからね」

「えっ？」

「なんでもない」

無色はこほんと咳払《せきばら》いをしてから続けた。

「それより、ヒルデ。これが君の第四顕現か」

「う、うん。この第四顕現の中のジャンルは今、《ＲＰＧ》じゃなく《恋愛シミュレーション》。攻撃力や防御力はもちろん、戦闘という概念さえ存在しない。――クリア条件は、相手を攻略することだけだよ……！」

と、熱っぽく語ってくる。

無色はその説明に、万感の思いを込めて吐息した。

「──なんて素晴らしい術式だ」

「……えっ？　う、うぇへへ……そ、そうかな……」

無色が真剣な顔で言うと、ヒルデガルドは照れるように頬を染めて笑みを浮かべた。

別にお世辞やおためごかしではない。正攻法では勝てない敵に別のルールを強制するヒルデガルドの術式は単純に強力無比の一言であったし──何より、仮にも彩禍の姿をしたキャラクターを、倒すのではなく攻略するというのが素晴らしかった。

だが、当の貴公子彩禍はお気に召さなかったらしい。先ほどまで余裕に染まっていた表情を剣呑《けんのん》なものに染め、叫びを上げてくる。

「ふざけるな……！　ジャンル？　ジャンルだと⁉　わたしはレディ・エデルに選ばれし者！　最強を設定されたキャラクター……！　こんなわけのわからない技で──」

と。貴公子彩禍が言いかけたところで、
①「そんなに怒らないでください。怖いです……」
②「その通り。あなたは選ばれし者。ならばこれくらいで狼狽《うろた》えないでください」
③「選ばれたとか、設定とか、馬鹿みたい。──あんたはあんたでしょ」
④「うぇへへ……怒った顔も可愛《かわい》いねぇ……」

無色の前に半透明のウインドウが現れたかと思うと、再び選択肢が表示された。

「彩禍ちゃん！」

「――ああ」

ヒルデガルドの声に、無色はこくりと首肯した。

視認は一瞬。『久遠崎彩禍』と『貴公子』という立場。その二つが織りなす人物像が、無色の脳内に機《はた》を織るように形作られていく。

無色のプロ彩リング（彩禍のプロファイリングの意）によれば、貴公子彩禍の心を氷解させる選択肢は、一つしかないように思われた。

無色はふっと微笑《ほほえ》むと、軽やかに選択肢をタップし、優しい口調で語りかけた。

「選ばれたとか、設定とか、馬鹿みたいだとは思わないかい。――君は、君だろう？」

「…………ッ！」

無色が言った瞬間、貴公子彩禍が、まるで雷に打たれたかのように全身を震わせた。

「こ、これは……まるで、心を解きほぐされるかのような……」

そして弓なりになった姿勢のまま、掠《かす》れた声を漏らす。

「いくら敵を倒しても、レディ・エデルの命令を果たしても、こんな気持ちにはならなかった。嗚呼《ああ》……そうか。これが……与えられた役割や設定ではない、わたし自身の……」

貴公子彩禍は無色の方を見ると、あらゆるしがらみから解脱《げだつ》したかのように、柔らかな笑みを浮かべた。

「本当に……面白い……女《ひと》だ……」

そしてその言葉を残し、貴公子彩禍は、無数のブロックノイズと化して消えていった。

それを起点とするように、学舎と化していた周囲の景色が、元の草原へと戻っていく。

その光景を見ながら、無色は感慨深げに目を細めた。

「君とは是非、別の形で出会いたかった。今は静かに眠るといい――」

「彩禍ちゃん……」

ヒルデガルドは無色の言葉に感じ入るように目を伏せながら、続けた。

「うん……王子様の彩禍ちゃんも、救われたと思うよ。王の寵愛《ちょうあい》を受けた第三王妃から生を享《う》け、幼い頃から政争の道具として利用されてきた悲しいキャラだから……。立場に関係なく自分を一人の人間として見てくれる相手がずっと欲しかったんだよ……」

と、ヒルデガルドがやたらと詳しい設定を語った、そのときだ。

「――お疲れ様です、彩禍様、騎士ヒルデガルド」

突然背後からそんな声がして、無色とヒルデガルドはビクッと肩を震わせた。

否《いな》、無色とヒルデガルドの反応を並列に表すのは適当ではなかったかもしれない。無色が「……！」で、ヒルデガルドが「うわひゃあ!?」くらいの違いはあった。ヒルデガルドが勢い余ってそのまま地面に倒れ込んでしまう。

「驚きすぎです。ご安心を。別にモンスターではありません」

「黒衣《くろえ》！」

無色が後方を振り返って名を呼ぶと、黒衣は恭《うやうや》しく礼を返してきた。

その装《よそお》いは、動きやすそうな軽装に、フード付きの外套《がいとう》である。どうやら職業選択で『盗賊』を選んだらしい。

「はい。お見事でした、彩禍様。――もちろん、騎士ヒルデガルドも」

言いながら、黒衣がヒルデガルドに手を差し伸べる。ヒルデガルドは心拍を落ち着けるように深呼吸をしたのち、その手を取ってゆっくりと立ち上がった。

「しかし、一体いつからそこにいたんだい？」

「騎士ヒルデガルドが駆けつけた直後くらいからずっと。邪魔になるといけないのでお声がけは控えていましたが、第四顕現の結界内にもおりました」

無色の問いに、黒衣が答えてくる。

無色は「なるほど」と首肯した。邪魔にならないようにと言ってはいるものの、きっと、無色とヒルデガルドだけで貴公子彩禍に対応できるはずと、見守ってくれていたのだろう。

「なんにせよ、最強の敵と目されていた貴公子彩禍《さいか》様をこんなにも早く無力化できたのは僥倖《ぎょうこう》という他ありません。改めて、さすがです彩禍様。そして騎士ヒルデガルド」

言って、もう一度黒衣が恭しく礼をする。一拍遅れて自分が褒められたことに気づいたヒルデガルドが、恥ずかしそうに頬を染めながら身を捩《よじ》った。

「……い、いやー……それほどでも……」

「ただ、少し気になったのですが」

「え……？」

「随分とあの貴公子彩禍様に詳しいご様子でしたね、騎士ヒルデガルド」

「…………………」

黒衣が言うと、ヒルデガルドは顔中に汗を滲《にじ》ませながらわざとらしく視線を逸《そ》らした。

「騎士ヒルデガルド？　なぜ目を逸らすのです？」

「……ちょ、ちょっと乱視気味で……」

「両目プリズムにでもなってます？」

「で、でも彩禍ちゃんだって分析力凄《すご》かったし……」

「彩禍様はちょっとおかしいので別枠です」

「ふ、ふええ……」

有無を言わさぬ超理論に、ヒルデガルドがか細い声を上げる。

しかし黒衣は構わず、そのまままずずいとヒルデガルドに詰め寄った。

「些細《ささい》なことでも構いません。何か知っているなら教えてください。それが攻略の糸口に繋《つな》がるかもしれません」

と、そこでとあることを思い出し、無色《むしき》は「あ」と眉を揺らした。

「そういえば彼女が、何やら不思議なことを言っていたな」

「不思議なこと？」

「自分の身体《モデル》はエデルガルドが作ったものではなく、元からあったものの流用だとか」

「元からあったもの――ですか」

無色の言葉に、黒衣が考えを巡らせるような仕草を取る。

「なるほど。今やエデルガルドは全世界のネットワークの大半を掌握しています。誰かが作ったキャラクターモデルを勝手に使用することなど朝飯前でしょう」

まあ、と黒衣が続ける。

「問題は、彩禍様そっくりのモデルを一体誰が作っていたのか、ということですが」

「………………………………」

黒衣が言うと、ヒルデガルドは汗をだらだらと流しながら顔を逸らした。ともすれば首が一八〇度回転してしまいそうな勢いだった。

「騎士ヒルデガルド？　なぜ顔を逸らすのです？」

「……も、もとからこんな感じだよ……」

「前世ふくろうでした？」

黒衣に半ば強制的に顔の方向を戻されると、ヒルデガルドは観念したように息を吐いた。

「……怒らない？」

「もちろんです」

「……引かない？」

「それは内容次第です」

「ひぃん……！」

ヒルデガルドが涙目になる。無色は宥《なだ》めるようによしよしと頭を撫《な》でてやった。

「大丈夫だよ。約束しよう。話してごらん」

無色が優しい口調で言うと、ヒルデガルドは汗と涙を拭い、辿々《たどたど》しく話し始めた。

「じ、実は……あの王子様の彩禍ちゃんのキャラクターモデルを作ったのは……私なの」

「はい。なんとなく予想はしていました。一体なんの用途で作ったのかお聞きしても？」

「……えっと……ゲーム……」

「ゲーム？」

「うん……」

無色が首を傾《かし》げながら問うと、ヒルデガルドが躊躇《ためら》いがちな首肯ののち続けてきた。

「私専用乙女ゲーム『サイカデリック・デイズ』……」

『……は？』

ヒルデガルドが発したタイトルに、無色と黒衣の声が被《かぶ》った。

それを聞いてか、ヒルデガルドが「ひんっ！」と涙目になる。

「や、約束……約束は⁉　引かないって言ったよねぇ……⁉」

「引いてなどいないよ。だろう？　黒衣」

「はい。少し驚いただけです」

無色が言うと、黒衣はこくりとうなずいてみせた。

「それで、騎士ヒルデガルド。それはどのようなゲームなのですか？」

「……ふ、普通の乙女ゲームだよ。女の子向けの恋愛シミュレーション……。ただ、攻略対象キャラクターのモデルが彩禍ちゃんなだけ。あと、シルベルほどの精度じゃないけど、簡単な会話用ＡＩを搭載してるから、キャラがパーソナリティに沿って自由に発言してくれるようになってるんだ。だからざっくりしたストーリーはあるけど、個々の受け答えはほぼ自動生成で、製作者の私でも楽しめるんだ……ふふ、ふふふ……」

それはだいぶ『普通』の枠を超えているのではないかと思った無色だったが、とりあえず言わずにおいた。それよりももっと気になることがあったのである。

「……なぜ彩禍様なのです？」

黒衣も同様の疑問を抱いていたらしい。首を傾げながら問いを発する。

「そんな技術があるのなら、オリジナルのキャラクターを作ればよかったのでは？」

「……き、緊張しちゃうから……」

『……は？』

ヒルデガルドの言葉に、無色と黒衣は本日二回目のシンクロを見せた。

「ゲームのキャラってわかってても、こっちが想定してない会話されると、ドキッとしてまともに進められないんだよね……男の人とかだともっと駄目。あわわってなって……」

「それで、わたしに似せたキャラクターを？」

「う、うん……話し慣れてる彩禍ちゃんなら、いけるかなって」

などと、頬を赤らめながら上目遣いでヒルデガルドが言ってくる。

無色は腕組みしながら「……なるほど」と深く息を吐いた。

「ヒルデ」

「な、何……？」

「この事件が解決したら、是非わたしにもプレイさせてくれ」

「彩禍様」

黒衣が半眼でぴしゃりと言ってくる。

無色が曖昧に微笑《ほほえ》んで誤魔化すと、黒衣は小さく息を吐いた。

「とにかく、経緯はわかりました。いろいろと気になることはありますが、まずは瑠璃《るり》さんを探しましょう」

「ああ、そうだね。あまり遠くに飛ばされていないといいが」

「あ……」

無色が同意を示すと、ヒルデガルドが何かを言いたげに眉を動かした。

「どうかしましたか？」

「あ……うん。えっと、そんな大したことじゃないかもしれないんだけど……」

と、ヒルデガルドが気まずそうに言いかけた、次の瞬間。

「——ふ。『プリンス』がやられたか」

「だが彼女は我々の中でも最弱……」

「それくらいでいい気にはならないことだ」

無色たちの前方に、突然三人の敵キャラクターが現れた。

「な……」

「これは――」

無色と黒衣は臨戦態勢を取りながらも目を見開いた。

だがそれも当然だ。その三人は皆、久遠崎《くおざき》彩禍の顔をしていたのだから。

一人は鎧《よろい》を纏《まと》った彩禍、一人は和服を着た彩禍、そしてもう一人は、黒い眼帯をした彩禍である。幅広いニーズに応えた充実のラインナップだった。ちなみに皆男装である。

「騎士ヒルデガルド。これは？」

「え、ええと……近衛《このえ》騎士彩禍ちゃんに、東方島国彩禍ちゃんに、海賊彩禍ちゃん……」

「……彼女たちも、あなたのゲームのキャラクターということですか？」

ヒルデガルドは数秒の躊躇いを見せたあと、観念したようにうなずいた。

「乙女ゲームだから……やっぱり攻略対象は複数ほしいなって……なんならみんなで私を取り合ってほしいな……なんて……」

ヒルデガルドが視線を逸らしながら力なく笑う。無色は目の前の三人を観察した。

「なるほど……これはこれで……」

「彩禍様？」

冷たい声で黒衣に名を呼ばれ、無色は小さく咳払《せきばら》いをしてヒルデガルドに向き直った。

「ヒルデ、攻略キャラクターは全部で何人いるんだい？」

「えっと……隠しキャラを入れると五人……」

「隠しキャラ」

「う、うん……全員攻略したあと特定の条件を満たすとルートに入れるんだ……」

「なんでもいいですが、五人で終わりなのですね？」

黒衣《くろえ》が問うと、ヒルデガルドは頬にたらりと汗を垂らした。

「うん……五人だけだよ。……『I《ワン》』は」

「『I』」

「一体何作あるのですか」

黒衣の言葉に、ヒルデガルドは「え……えへっ♡」と引きつった笑みを浮かべた。

「……、問答していても始まりません。来ますよ。ご準備を」

「応とも」

「う、うん……！」

無色とヒルデガルドは、三人のＮＰＣ彩禍に対するように視線を鋭くした。

◇

「…………ちッ――」

〈庭園〉の周囲に聳《そび》える隔壁の上で、アンヴィエットは忌《い》ま忌《い》ましげに舌打ちをした。

眼下には、様々な混乱に晒《さら》される街の様子が広がっている。

とはいえそれも当然だ。ネットワーク及びそれに接続されている電子機器が、悪意ある人工知能に掌握されてしまったというのである。それはなんの冗談でもなく、文明の停滞に等しい災害だった。警備システムや防災システムが誤作動を起こし、通信は途絶し、交通網は麻痺《まひ》している。恐らく目に見えない場所では、さらに由々《ゆゆ》しき事態が引き起こされているだろう。

隔壁の上には、同じく警戒に当たる〈庭園〉の教師たちや、上位等級の生徒たちの姿もあったが、皆その表情に、戦慄や困惑、あるいは怒りを浮かべていた。

「――堪《こら》えよ、アンヴィエット」

と、そこで後方から、アンヴィエットを宥《なだ》めるような声が聞こえてくる。見やるといつの間にかそこに、白衣を纏った小柄な人物の姿があることがわかった。

「……エルルカか。患者の方はどうした」

「必要な措置は施してきた。あとは狼《おおかみ》たちと医務官がいればなんとかなるじゃろう」

エルルカはそう言うと、話を戻すように視線を寄越してきた。

「これほどの規模の災害となれば、間違いなく〈世界〉のシステムによって滅亡因子に認定される。原因さえ除くことができれば『外』の被害は『なかったこと』となる可能性が高い。今動いて消耗してしまうのは悪手じゃ。生徒を護《まも》ることを優先せよ」

「……言われなくてもわかってるよ」

「わかっていても動いてしまいそうじゃから言っておるのじゃ」

「………………ちッ」

エルルカの言葉に、アンヴィエットは再度不機嫌そうに舌打ちを零《こぼ》した。

するとそのとき、空から四羽の梟《ふくろう》が、大きな翼をはためかせながら舞い降りてきた。

【虚梟《コタンクル》】。エルルカの第二顕現の一つだ。

「おお、戻ってきたか。ご苦労ご苦労」

エルルカはそう言うと、梟の足に付いていた筒を開け、中から紙を取り出した。

「それは？」

「他の機関からの状況報告じゃ。通信が途絶しておる今、これがもっとも確実で早い」

エルルカは丸まっていた紙を開くと、順に目を通し、渋い顔をした。

「予想はしておったが、どこも似たような状況のようじゃ。〈方舟《はこぶね》〉などは環境維持システムへの干渉を恐れ、海上に浮上せざるを得ぬ状態らしい。応援は期待できぬの」

魔術師養成機関〈虚《うつろ》の方舟《はこぶね》〉は、海中を回遊する移動型学園都市だ。確かに海を潜航している中で都市内の環境を維持するシステムに異常が起こったなら一大事である。秘匿性と防御力を犠牲にしてでも、空気のある海上に出ざるを得まい。

「〈街衢《がいく》〉は、学内のコントロールを取り戻し次第、件《くだん》のゲームに干渉を試みるとのことじゃ。彩禍《さいか》たちの助けになればよいが――」

と、エルルカが言った瞬間、後方から鐘を打ち鳴らすかのような音が響いてくる。

随分とアナログな警報だが、今の状況を思えば無理からぬことではあった。レーダーもまともに機能していまい。遠見《とおみ》の魔術師が空を飛び、地上に情報を伝えているのだろう。

エルルカがふっと目を伏せ、隔壁の上に控えた魔術師たちに声を上げる。

「――不審な接近物が複数ありとのことじゃ！　注意せよ！」

その言葉に、魔術師たちが臨戦態勢を取る。

アンヴィエットは小さく眉の端を上げながら問うた。

「聞こえたのか？」

「なんだって？」

「ふ。わしの耳を舐《な》めるなよ？」

エルルカは耳をひくひくと動かしながら得意げに言うと、空を見据えて目を細めた。

「――さて、団体客のお出ましじゃ」

エルルカが言った瞬間。

空の彼方《かなた》に、微《かす》かなシルエットが無数に浮かび上がってきた。

虚空《こくう》を埋める異形の影。その様は、戦争級滅亡因子〈ドラゴン〉の群れを想起させた。

だが、違う。その朧《おぼろ》気《げ》な影が実像を結んでいくに従い、それらの持つ翼や体軀《たいく》が、〈ドラゴン〉のそれよりも硬質かつ直線的であることが見取れるようになっていった。

「ありゃあ――」

「戦闘機、じゃな」

エルルカが目を細めながら言う。

「所謂《いわゆる》、無人機というやつじゃろう。油断するでないぞ。魔術師は軽視しがちじゃが、単純な破壊力で言えば、近代兵器は魔術にも劣らぬ脅威じゃ」

「誰に言ってやがる。電子制御の無人機だァ？　ハッ、オレと相性抜群じゃねェか」

「ふ。確かにの。ならば上はぬしらに任せたぞ」

言って、エルルカがぐっと膝を曲げるように姿勢を低くする。

不審そうに眉を歪《ゆが》めたアンヴィエットは、一拍置いて気づいた。

〈庭園〉に迫りつつあるのが、空を舞う鉄の翼のみではないことに。

地鳴りのような音を上げながら、ビルや建物の合間を縫うようにして、幾つものシルエットが姿を現す。鈍重にして威圧的な形状《フォルム》。舗装路を軋《きし》ませ、障害物を踏み潰す履帯《キャタピラ》。そして、真《ま》っ直《す》ぐにこちらを見据える砲塔《タレット》。

――戦車。近代戦における地上の覇者。どうやらあれも、敵の差し向けた軍勢らしい。

「下は、わしが引き受けた」

エルルカは気安い調子でそう言うと、蹲《うずくま》るように背を丸めた。

すると次の瞬間、白衣に包まれた彼女の体軀が大きく隆起していく。

数秒後。そこには小柄な少女ではなく、狼の耳と尾を備えた長身の美女の姿があった。

森の大狼エルルカ、その本来の姿である。

否《いな》。それだけではない。〈庭園〉外縁部に沿って、夜闇の如《ごと》き色が帯のように蟠《わだかま》ったかと思うと、その中から、狼や熊など、無数の獣が姿を現した。

「…………！」

膨大な物量を誇る、エルルカの顕現体。彼女の身体《からだ》に展開した四画の界紋《かいもん》を目にして、アンヴィエットは察した。エルルカが第四顕現を発現後、その結界の口を開け、その中から獣の群れをこちらの世界に呼び出したのだと。

僅かな間とはいえ、第四顕現と外界を接続し、あまつさえその中から顕現体を移動させようとは。

第二顕現を最初から外界で発現させるのとは訳が違う。頭では理解できるが、それにどれだけ膨大な魔力と精緻な構成が要されるのかを思うと、目眩《めまい》がしてきそうになるアンヴィエットだった。

するとそんな様子を察してか、エルルカがニッと悪戯《いたずら》っぽい笑みを浮かべてきた。

「うん？　なんじゃ、珍しく年長者を敬う気になったか？」

「吐《ぬ》かせ」

アンヴィエットは吐き捨てるように言うと、自らも意識を集中させ、背に三画の界紋を展開させた。アンヴィエットの身体を、金色の鎧が包み込んでいく。

「――行くぞ！　オレたちは上だ！」

「は……はいっ！」

「了解――！」

アンヴィエットの声に応え、魔術師たちが顕現体を展開させる。

それを確認し、アンヴィエットはエルルカに視線をやった。

「でけェ口叩《たた》いたんだ。一発も通すんじゃねェぞ」

「はは。善処しよう」

「けっ」

そのやりとりを最後として――

戦いは、始まった。

アンヴィエット及び魔術師たちは天に。エルルカ及び獣たちは地に。それぞれの敵へと向かって虚空を、あるいは大地を駆けていく。

「はッ――ガラクタどもが雁首揃《がんくびそろ》えやがって。来やがれ。全部纏《まと》めて墜としてやらァ」

中空に至ったアンヴィエットは、日輪を背に負いながら、迫る戦闘機を見据えた。

まさかその挑発が聞こえたわけでもあるまいが、アンヴィエットの声に応ずるように、前方の戦闘機が主翼の下部から円筒形のものを射出してきた。

空対空ミサイル――コンピュータ制御の有翼飛翔《ひしょう》爆弾。ジェット推進による凄《すさ》まじい速度で以《もっ》て対象に死と破壊を運ぶ、恐るべき科学の火である。

だが。

「――【雷霆杵《ヴァジュドーラ》】！」

アンヴィエットが両手を掲げながら叫びを上げると、その身体に纏わり付くように浮遊していた一対の三鈷《さんこ》が、意思を持ったように空を駆け、その先端から鋭い電撃を放った。

爆音。アンヴィエットを爆殺せんと迫っていたミサイルが、その本懐を遂げることなく虚空に大輪の花を咲かせる。凄まじい衝撃波が空気を叩き、アンヴィエットの身体をビリビリと震わせた。

もしかしたら地上にも衝撃波が伝わったり、残骸が降り注いだりしているかもしれなかったが、まあその程度であれば〈庭園〉を包む標準結界が防いでくれるだろう。アンヴィエットはあまり深く考えないことにして、次なる目標に目を向けた。

機銃、ミサイル——様々な武器を、十数機の戦闘機が一斉に放ってくる。

〈庭園〉の魔術師たちも善戦しているが、普段の滅亡因子戦とは勝手が異なるためか、動きに精彩を欠いている生徒も見受けられた。あまり時間はかけない方がよいだろう。

「面倒臭《くせ》エ。一気に片を付けてやる」

アンヴィエットは手のひらを大きく広げ、腕を掲げるように突き立てた。

「——命《アーディシ》ずる。天上天下の埒外《らちがい》。神の手の及ばぬ境界。金色の園に我が城を築け」

アンヴィエットの背に輝いていた後光の如き界紋。その外縁に、四画目が追加される。

「第四顕現——【金色天外涅槃郷《アクシャヤー・ニルスヴァルナ》】！」

そしてその名を唱えると同時、アンヴィエットと戦闘機を包み込むように、周囲の景色が塗り替えられていった。

幻想的な輝きを帯びた雲海。その合間から顔を覗《のぞ》かせる黄金宮と、天を巡る数多《あまた》の三鈷。アンヴィエットの第四顕現【金色天外涅槃郷《アクシャヤー・ニルスヴァルナ》】。それはまさに、雷霆《らいてい》の浄土。この空間に取り込まれたものは、全てがアンヴィエットの魔力の影響下に置かれる。

もしもそれが人間だったならば、身体を動かすことさえできなくなるだろう。

そして、もしもそれが電子制御の無人機などだとしたならば——

「終《しま》いだ」

アンヴィエットの言葉と同時、制御を失った戦闘機が、黄金宮に、三鈷に、或《あ》いは別の戦闘機に激突し、爆散する。

苛烈なまでの光と音と熱に彩《いろど》られた浄土の中、アンヴィエットは小さく息を吐き、掲げていた手を下ろした。その動作に合わせ、周囲の景色がもとのものに戻っていく。

「——よし」

アンヴィエットは魔術師たちの無事を確認すると、地上へと降りていった。先ほどと同じように、〈庭園〉の周囲に聳《そび》える隔壁の上へと降り立つ。

眼下では、進軍してくる戦車に、無数の獣が組み付き、その動きを止めていた。既に、力任せに砲塔を引っこ抜かれたり、車体そのものをひっくり返されてしまった車両も見受けられる。なんとも荒っぽい光景だった。

「なんだ。思ったより時間かかってやがんな。仕方ねェ。ちっとばかし手伝って――」

と、アンヴィエットはそこで言葉を止めた。

理由は単純。身体の周囲に張り巡らせた微弱な電気の膜が、異物を検知したからだ。

ごく小さい物体だ。恐らく、小型無人航空機《ドローン》。必要最低限のプロペラと制御装置にバッテリー、そして銃を備えた無機質な殺し屋が、いつの間にか背後に現れていたのである。

「ち――」

アンヴィエットの反応より一瞬早く、ドローンの小さな銃口がこちらを捉える。

しかし、次の瞬間。

「――危ない、アン！」

どこからかそんな声が響いたかと思うと、アンヴィエットの背後に浮遊していたドローンが、弾《はじ》け飛ぶように撃ち落とされた。

「は……？」

予想外の事態に、アンヴィエットはポカンと目を丸くした。

不意を衝《つ》かれたのも、何者かに助けられたのも、意外なことではあった。けれど今アンヴィエットの脳を支配していたのは、なぜその声がここで聞こえてきたのかだった。

「ああ……アン。無事でよかった。怪我《けが》はない？」

アンヴィエットの動揺をよそに、声の主は小走りになって駆け寄ってくると、そのままアンヴィエットにはしっ、と抱きついてきた。

太陽のように明るい金髪を結わえた、小柄な少女である。その容貌や背格好は、小学生か——贔屓目《ひいきめ》に見ても中学生くらいにしか見えなかった。

「……サラ。なんでここに」

アンヴィエットは目眩を抑えるような調子で声を絞り出した。

彼女の名はサラ・スヴァルナー。かつて死したアンヴィエットの妻が、紆余曲折《うよきょくせつ》を経て転生した姿である。今は魔術師見習いとして、〈庭園〉の中等部に所属していた。

「それに、その姿は」

眉根にしわを刻みながら、続ける。

そう。サラは今、白と赤に彩られた装束に身を包んでいたのである。身体の周囲には、今し方ドローンを撃ち落としたと思《おぼ》しき戦輪《チャクラム》のような武器が、足元には、それらが顕現体であることを示す界紋が三画、現れていた。

「うん。アンを助けなくちゃと思ったら、できたんだ」

「…………」

無邪気な調子で言うサラに、アンヴィエットは声を失ってしまった。

第二顕現はまだしも第三顕現は、魔術師の中でもわずかな人間しか発現することのできない、特別な顕現体だったのである。

しかし、あり得ない話ではない。サラはかつて、滅亡因子〈運命の輪《フォルトゥナ》〉の力によって擬似的に顕現体を発現したことがあった。脳が、身体が、一度は魔術の神秘を体験しているのだ。何らかのきっかけでそれが開花したとしてもおかしくはない。

だが、問題はそんなことではなかった。思い直すように頭を振る。

「……いや、なんでこんなところにいるんだよ。避難指示が出てたはずだろ」

アンヴィエットが言うと、サラは可愛《かわい》らしく微笑《ほほえ》んでみせた。

「来ちゃった♡」

「可愛く言っても駄目なモンは駄目だ」

「えっ、今なんて？」

「だから、駄目なモンは駄目って――」

「そこじゃなくて。もう一個前。え？　ちょっと聞こえなかったな。どう言っても駄目なの？　ねえねえ、もう一回言って？」

「…………絶対言わねェ」

アンヴィエットが頬を染めながら視線を逸《そ》らすと、サラは「えー」と唇を尖《とが》らせた。

「とにかく、外は危険だ。大人しく地下に避難してろ」

「そんなこと言っちゃって。私が来なかったら危なかったくせにぃ」

「……いや、口径も小さかったし、そもそも第三顕現展開してるから、喰《く》らってもそう大したダメージにはならなかったと思うが……」

と、アンヴィエットは言葉を止めた。

サラが鼻の頭を赤くしながら、目を潤ませているのに気づいたのである。

「うっ、そうよね……アンは強いもの。私の助けなんていらなかったわよね」

「あ、いや。そういう意味じゃなくてだな……ただオレはおまえが――」

「この忙しいときに、何を乳繰り合っておるのじゃ」

と、アンヴィエットが弁明をしていると、下方から呆《あき》れたような声が聞こえてきた。

見やると、隔壁を登ってきたエルルカが、ひょっこり顔を覗かせていることがわかる。

「え、エルルカ……！　いつからそこにいやがった！」

「『仕方ねェ。ちっとばかし手伝って――』のあたりからじゃ」

「結構前じゃねェかよ!?」

アンヴィエットが顔を真っ赤にしながら叫びを上げると、エルルカはよいしょ、と身体《からだ》を引っ張り上げるように隔壁の上に戻ってきた。

「なんでもよいが、早《はよ》うせい。第二陣が来るぞ」

言いながら、エルルカが後方を見やる。そこには彼女の言うとおり、新たな戦闘機や戦車のシルエットが朧気《おぼろげ》に見えてきた。

「……はッ、凝りねェな。上等だ。また蹴散らしてやらァ」

アンヴィエットはそう言うと、サラの方に視線を向けた。

が、それきり何も言えなくなってしまう。——サラが、真《ま》っ直《す》ぐな瞳でアンヴィエットを見返してきていたからだ。

「——アン。お願い。私も今は〈庭園〉の徒よ。あなたの役に立ちたいの」

「サラ……」

アンヴィエットは思案を巡らせたのち、「……ああ、くそ」とガリガリと頭をかいた。

「……さっきみてェなドローンが、園内に侵入してるかもしれねェ。大した威力はなくとも、数が揃《そろ》やァ生徒たちにとっちゃそれなりの脅威だ。——見つけ次第撃ち落とせ」

「……！　アン、それって——」

「無理だけはするなよ。この戦いの目的は、敵を全滅させることじゃねェ。久遠崎《くおざき》たちが親玉のＡＩをブッ倒すまで無事に持ち堪《こた》えることだからな」

「──うん！」

アンヴィエットの言葉に、サラが嬉《うれ》しそうにうなずく。その無邪気な様に、アンヴィエットは毒気を抜かれたように頭をかいた。

「魔女さんや瑠璃《るり》さんたちなら、きっと勝ってくれるわよね」

「……ハッ、オレの代わりにゲームの中に潜ったんだ。無様を晒《さら》してたら許さねェよ」

アンヴィエットはそう言うと、再び空へと飛び立った。

◇

「──さあ、お眠り。わたしの可愛いお姫様」

「ご、ごろにゃぁぁぁん……」

ティルナノーグ第一の島、最初の街で。

『戦士』の鎧《よろい》を纏《まと》った瑠璃は、この上なく無様を晒していた。

もっと正確に言うのなら、真っ白なラメ入りスーツの彩禍《さいか》に膝枕され、まな板の上の鯉《こい》ならぬ膝の上の猫と化していた。

頬は真っ赤に染まり、顔中から様々な体液が垂れ流しになり、目は明後日《あさって》の方を向き、頭を撫《な》でられるたびにビクンビクンと身体を痙攣《けいれん》させている。あまり人には見せられない様相だった。

そして。

「瑠璃……」

「…………」

「あー……」

そんな瑠璃を、無色《むしき》、黒衣《くろえ》、ヒルデガルドが、思い思いの表情をしながら眺めていた。具体的に言うと、「ちょっと羨ましい……」「何をしているのですか」「わかる。わかるよ瑠璃ちゃん……」といった顔である。

始まりの草原に現れたNPC彩禍たちをなんとか『攻略』し、無色たちがこの街に辿《たど》り着いたのがおよそ一〇分前。

まずは瑠璃と合流すべく、情報を集めようと、街の中央にある広場に足を運んでみたところ――ベンチで猫と化す瑠璃を発見してしまったのである。

しかも、それを膝枕しているのは、どこからどう見ても新たなNPC彩禍だった。

無色は額に汗を滲《にじ》ませながらヒルデガルドに尋ねた。

「……ヒルデ。あれは？」

「うん……『サイカデリック・デイズⅡ《ツー》』の攻略対象キャラ。誰よりも愛を振りまきながら、真の愛を知らぬ悲しき夜の蝶《ちょう》。ナンバーワンホスト彩禍ちゃんだよ」

ヒルデガルドが答えてくる。自分の妄想した彩禍シリーズを晒される恥ずかしさはまだあるようだったが、先ほどまでよりだいぶ落ち着いていた。草原での『攻略』で何かが吹っ切れたのだろうか。どこか歴戦の勇士のような威容さえ漂っている気がした。

「その乙女ゲームはファンタジー世界がベースだったのでは？」

怪訝《けげん》そうに黒衣が問う。ヒルデガルドはグッと拳を握りながら続けた。

「Ⅱは二つの世界が繋《つな》がって、ファンタジーのキャラたちが現代にやってきちゃったんだ！　他の攻略対象彩禍ちゃんは、鬼畜眼鏡教師彩禍ちゃん、くたびれ会社員彩禍ちゃん、反社会勢力若頭彩禍ちゃん、宅配便配達員彩禍ちゃんだよ！　はわわ……一体私これからどうなっちゃうのぉ〜⁉」

いつになく熱っぽい調子でヒルデガルドが言う。黒衣はなんだかもういろいろ諦めたような様子で「そうですか」と冷淡に答えた。

「とにかく、あのままでは瑠璃さんが溶けてしまいます。――騎士ヒルデガルド」

「う、うん……！」

ヒルデガルドは黒衣の要請に応じ、背に羽のような界紋《かいもん》を展開させた。

「申し訳ありませんでしたぁぁぁぁぁぁぁぁぁ――――ッ‼」

それから十数分後。

中央広場で、瑠璃が深々と土下座をしていた。

適当に頭を下げるだけのお仕着せの所作ではない。心の底からの謝罪の体現。魂の器に収まりきらず零《こぼ》れ落ちた恥ずかしさと情けなさと申し訳なさが織りなす奇跡の平伏。完成されたその形は、ある種の美しささえ感じられた。

そう。無色がヒルデガルドの力を借りてナンバーワンホスト彩禍を攻略したところ、正気に戻った瑠璃が、急に顔を青ざめさせて地面に額を擦りつけ始めたのである。

「世界を救う使命を帯びた魔術師でありながら、敵の罠《わな》に落ちようとは……ッ！　不夜《ふや》城《じょう》瑠璃、一生の不覚です！　この不手際《ふてぎわ》、我が命を以《もっ》て贖《あがな》わせていただきたく……！」

「まあ落ち着いてくれ、瑠璃」

このまま放っておいては、何の冗談でもなく割腹してしまいそうだった。苦笑しながら瑠璃を宥《なだ》める。

「あれはエデルガルドによってステータスをマックスに設定された最強のキャラクターだ。

よく無事でいてくれた。今はこうして合流できたことを喜ぼうじゃないか」

「ま、魔女様……」

顔を上げた瑠璃が、両の目に大粒の涙を浮かべる。無色はよしよし、と赤くなった額を撫でてやった。

「しかし、本当によく無事でしたね……」

と、黒衣が怪訝そうな顔をする。無色は小さく首を傾《かし》げた。

「何か気になることでもあったかい？」

「今のＮＰＣ彩禍様は、我々に対してもあまり好戦的でなかったような気がしまして」

黒衣はどこか腑《ふ》に落ちないような表情をしながらも、今考えても答えは出ないと判断したのか、話題を変えるように「ともあれ」と顔を上げた。

「これで全員が揃いましたね。早速行動を開始しましょう。――騎士ヒルデガルド。エデルガルドの居場所はわかりますか？」

「あ……う、うん」

ヒルデガルドはこくりとうなずくと、何やら指で空中をタップした。

するとそこにウインドウが展開され、三つの大きな島が描かれたマップが表示される。

どうやらこれが、このゲームの舞台であるらしい。

「えっとね、今私たちがいるのがこのアイコンの辺り。最初の島の最初の街」

「ふむ」

「それで、エデルは自分のことを『妖精王』って言ってたよね。ならたぶん、『見えざる城』を目指すべきだと思う」

「『見えざる城』？」

「うん」

ヒルデガルドはそう言うと、三つの島の中央——海の上を指さした。

「マップで言うとこの辺りかな……ここの海上に、雲に覆われた城が浮遊してるんだ。それこそが、ティルナノーグを支配する王の居城。通称『見えざる城』」

「なるほど。それで、そこに行くためにはどうすればよいのですか？」

「細かいところは省くけど……三つの島それぞれにいるボスを倒して、鍵を手に入れなきゃいけないんだ。そしてそれとは別に、城を守る雲の結界を突破するために、空飛ぶ方舟《はこぶね》タイタニア号を——」

ヒルデガルドの説明を聞きながら、黒衣が渋い顔をした。

「だいぶ長そうですね」

「う、うん、まあ……。これでもまだ途中なんだけど……」

別にヒルデガルドが悪いわけではないのだが、どこか申し訳なさそうに肩をすぼめる。

無色はふっと微笑《ほほえ》むと、皆を見渡すようにしながら言った。

「確かに楽な道のりではなさそうだ。だが、わたしたちならば踏破できる。そうだろう？」

「ええ、もちろんです！」

瑠璃が力強くうなずいてくる。黒衣とヒルデガルドもまた、一瞬目を見合わせてから呼応してきた。

――斯《か》くして、世界の命運をかけた冒険は、始まったのであった。

◇

「ここが『見えざる城』か――」

「ふっ、妖精王だかなんだか知りませんが、目に物見せてあげようじゃありませんか」

「ゆ、油断しちゃ駄目だよ、瑠璃ちゃん」

果たして冒険者一行は、『見えざる城』へと辿り着いた。

三つの島の中央、海の遥《はる》か上空に、雲に包まれた巨大な城が聳《そび》えている。壮麗ながらも禍々《まがまが》しいその様は、近づく者を阻《はば》む威圧感を発していた。

「――ちょっと待ってください」

と、そこで黒衣が、何やら腑に落ちないといった様子で声を上げた。

「な、何、黒衣ちゃん……」

「なぜいきなり『見えざる城』に着いているのです。先ほど最初の街を出発したばかりではありませんか」

黒衣の言葉に、ヒルデガルドは「えっと……」と汗を滲ませた。

「ファストトラベルで……」

「ファストトラベル」

ヒルデガルドの言葉に、黒衣が眉をひそめた。

ちなみにファストトラベルとは、一度訪れたチェックポイントにいつでもワープできる機能のことだ。広大なフィールドが売りのゲームにはよく搭載されている。

「彩禍ちゃんにはさっき言ったけど、私この世界に強制アクセスするときに、自分のセーブデータを同期できたから……なんか、普通に来れちゃった。正規ルートで魂を取り込まれた人たちは、どれだけゲームが進んでても最初からになってるみたいだけど……」

「なるほど。どうりで一人だけ見覚えのない職業になっていたと思いました」

ちなみに皆の職業は、『魔術師』久遠崎《くおざき》彩禍、『戦士』不夜城瑠璃、『盗賊』烏丸《からすま》黒衣、

『大賢者』ヒルデガルド・シルベルである。一人だけ明らかに上級職だった。

「まあ、いいじゃないか黒衣。時間が短縮できるに越したことはない」

無色が言うと、黒衣は小さく吐息したのち返してきた。

「その通りです。細かいことを言って申し訳ありません。先を急ぎましょう」

「う、うん……！」

ヒルデガルドは大仰にうなずくと、『見えざる城』の巨大な扉の前に歩いていき、手をかざした。

するとヒルデガルドの手元から、赤、緑、青、三色の鍵が飛び出したかと思うと、それに呼応するように扉が輝きを放ち、重苦しい音を伴って左右に開いていった。

城内から漂ってくるひんやりとした空気が、微《かす》かに頬を撫《な》でる。果てさえも知れぬ仄暗《ほのぐら》い回廊の入り口は、どこか口を開けて餌を待ち構える大蛇を想起させた。

「あ、開いたよ。ここから先は歩いて進むしかないし、エデルが本来のゲームにはない仕様に作り替えてるかもしれない。十分注意してね……」

ヒルデガルドが汗を滲ませながら皆に言ってくる。

すると黒衣が一歩足を踏み出し、無色の顔を覗《のぞ》き込んできた。

「とのことです。かなりの危険が予想されますが――いかがいたしますか、彩禍《さいか》様」

黒衣《くろえ》が無色《むしき》の目を見つめながら問うてくる。無色はごくりと息を呑《の》んだ。

恐ろしくないといえば嘘《うそ》になる。けれどその恐れは玖珂《くが》無色のものだ。

無色は久遠崎彩禍として、悠然と微笑んでみせた。

「敵が待ち構えているのなら敵ごと、罠が張られているのなら罠ごと。——一切合切踏破するのが久遠崎流だ」

「それでこそです」

黒衣が満足げにうなずく。その回答をこそ求めていたというように。

それは無色の覚悟を問うものであると同時に、瑠璃《るり》とヒルデガルドに彩禍の言葉を伝える、間接的な檄《げき》としての意味もあったのだろう。それを耳にした二人が、気合いを入れるように頬を張ったり、拳を握ったりした。

「では行こうか、皆。不遜なる支配者に、格の違いというやつを見せてあげよう」

「はい」

「はっ！」

「う、うん……！」

無色が言うと、三人は思い思いの返事を返してきた。

意を決して、城内へと足を踏み入れる。前を歩くのは、前衛担当の瑠璃と、罠を調べる黒衣。そしてその後ろに、無色とヒルデガルドが続いた。

城内は、誰もいないかのようにシンと静まり返っている。壁に設《しつら》えられた照明は松明《たいまつ》ではなく、ぼんやりと青い光を放つ謎の光源のため、微かな燃焼音もない。聞こえてくるのは、四人の足音や息遣いくらいのものだった。

と、そのままどれくらい進んだ頃だろうか。

「──ストップです。皆さん、足を止めてください」

前方を歩いていた黒衣が、そう言って皆を制止した。

「黒衣？　何かあったかい？」

「少々お待ちを」

黒衣は短く答えると、周囲の壁や床を調べ始めた。

そしてしばらくののち。黒衣は小さくうなずくと、床石を指さした。

「騎士ヒルデガルド。そこを踏んでみてください」

「え……？　こ、こう……？」

黒衣の言葉に従い、ヒルデガルドが示された床石を踏む。

次の瞬間、右方から矢が射出され、ヒルデガルドの眼前を掠《かす》めて壁に突き刺さった。

「ひゃあ……っ⁉」

ヒルデガルドが裏返った声を発し、その場に尻餅をつく。

しかし黒衣は特に慌てた様子もなく、「ふむ」とあごに手を当てた。

「なるほど。やはり罠《わな》でしたか」

「さ……先に言ってよう！」

ヒルデガルドが床にへたり込んだまま震える声を上げる。黒衣は小さく頭を下げた。

「申し訳ありません。なにぶん初めてだったもので、確証がありませんでした」

「それにしたって……なんでわざわざ私に踏ませたの……？」

「もっともこのゲームに精通している方にと考えただけです。別に一番リアクションが面白そうだなんてこれっぽっちも思っていません」

「うわぁぁぁん！　絶対思ってるやつだぁぁぁっ！」

ヒルデガルドが涙目になりながら手足をジタバタさせる。瑠璃がそれを宥《なだ》めた。

「しかし、なるほど。職業のステータス補正というのも、あながち無意味というわけではないようです。なんとなくですが、罠が仕掛けられていそうな位置が感じ取れます」

「ほう。それは心強い。他にはどの辺りに仕掛けられていそうかな？」

「全部です」

「……うん？」

　黒衣の言葉に、無色は首を傾げた。

「全部、というと？」

「言葉の通りです。ここから先の道は、あらゆる場所にくまなく罠が仕掛けられています。もはや通り道とは思えません。処刑場といった方が適当でしょう」

　あっけらかんとした調子で黒衣が言う。それを聞いてか、瑠璃が眉根を寄せた。

「ちょっと待ってよ。ならどうやって進めばいいわけ？」

「普通の冒険者には不可能でしょう。——普通の冒険者には」

　言いながら、黒衣が無色に目配せしてくる。

　その視線で、無色は彼女の意図を察した。大仰にうなずき、一歩前に出る。

「下がっていたまえ。ここはわたしの出番のようだ」

　無色はそう言うと、右手を前方に掲げ、頭上に二画の界紋《かいもん》を輝かせた。

「第二顕現——【未観測の箱庭《ステラリウム》】」

　そして、手の中に巨大な杖《つえ》を顕現させると、その石突きで以《もっ》て床を叩《たた》いた。

　小気味よい反響音とともに、極彩色《ごくさいしき》の魔力光が波紋の如《ごと》くダンジョン中に広がっていく。

　それを確認したのち、無色は第二顕現を解除した。

「さて、では先を急ごうか」

そしてそう言って、罠が満載されているというエリアに気安げに足を踏み入れる。それを見てか、瑠璃がひっと息を詰まらせた。

「魔女様！　危険で——」

しかし、何も起きない。瑠璃が目をまん丸に見開いた。

「あ、あれ……？　どういうことです？」

「簡単なことさ。わたしの【未観測の箱庭《ステラリウム》】で、城を『作り替えた』んだ」

久遠崎彩禍の第二顕現【未観測の箱庭《ステラリウム》】は、世界に干渉し、その在り方を自在に変える術式。彩禍が命じれば、大地は檻《おり》となり、木々は槍《やり》となり——罠が満載された死の道は、ただの歩きやすい舗装路となる。

「ゲームを楽しむのが目的ならば褒められた行為ではないが、エデルガルドが設定を弄《いじ》ってまでこちらを妨害しようというのなら、こちらも好きにやらせてもらおう」

無色が不敵に笑いながら言うと、瑠璃が感じ入ったように「さすがです魔女様！」と、祈るような所作をしてきた。

ともあれ、これで罠の方はクリアである。無色たちは先ほどと同じ隊列を組んで、進行を再開した（先ほど罠を踏まされたヒルデガルドはやや怖がっていたけれど）。

しかし、だからといって油断はできなかった。確かに罠の心配はなくなったが、エデルガルドがここを警戒している以上、脅威はそれのみではなかったのである。

「………………！」

果たしてその脅威は、ほどなく無色たちの前に現れた。

一行が開けた空間に入った瞬間、どこからともなく声が響いてきたのである。

「──ふ、来たね。待っていたよ」

「最初にここに至るのは君たちだと思っていた」

「だが、悲しいかな君たちの旅路はここでお終《しま》いだ」

「我ら四人が、引導を渡してあげよう──」

次の瞬間、無色たちの前方にノイズのようなものが走ったかと思うと、四つの人影が姿を現した。

「な………………！」

その姿を見て、思わず息を詰まらせる。

だがそれも当然だ。そこにいたのは、全員ＮＰＣ彩禍だったのだが──

今までとは異なり、男装ではなく、可愛《かわい》らしい衣装に身を包んでいたのである。

一人は、競泳水着に脱ぎかけの制服。

一人は、着崩した制服にパーカー。

一人は、猫耳尻尾にメイド服。

一人は、眼鏡に着慣れないスーツ。

それぞれが、一撃必殺の威力を持つ魅力に溢《あふ》れた『久遠崎《くおざき》彩禍』であった。実際瑠璃はオーラに当てられ、既にその場にへたり込みそうになっていた。

「あっ、あれは……！」

NPC彩禍たちの姿に、ヒルデガルドが声を上げる。

「『サイカデリック・デイズBS《ボーイズサイド》』の攻略対象キャラ、水泳部のエース彩禍ちゃん、孤高のゲーマー彩禍ちゃん、猫耳メイド彩禍ちゃん、ドジっ子教育実習生彩禍ちゃん……！」

「なるほど？」

ヒルデガルドの言葉に、無色は興味深そうに返した。

そんな無色に代わって、黒衣が怪訝《けげん》そうに言葉を継ぐ。

「個人で遊ぶために作ったゲームなのに、なぜボーイズサイドが存在するのですか」

「……ちっちっち。女の子だって可愛い女の子を愛《め》でたいときがあるんだよ……」

ちなみに、とヒルデガルドが続ける。

「水泳部彩禍ちゃんは、私なんかとは住む世界の違う陽の者なんだけど、実はアニメ好きなんだ。それで偶然私がアニメキャラのキーホルダーを落としたことが切っ掛けで、友だちになってくれないかい？　って言ってくるの……。ゲーマー彩禍《さいか》ちゃんはちょっぴり怖くて不良かと思ってたんだけど、私がゲームセンターで遊んでたら対戦申し込みしてきてライバル認定されちゃうの……！　猫耳メイド彩禍ちゃんは学校では優等生なんだけど、校則で禁止されているアルバイトをしてるところを私が偶然目撃しちゃって、秘密の関係になっちゃうんだ……！　教育実習生彩禍ちゃんは実はコスプレが趣味で、偶然私がそれを知っちゃうの！　うぇへへ……どうしちゃおうかなあ……！」

「ふむ」

黒衣は、平坦《へいたん》な顔でうなずいた。

「自分とは別のコミュニティに属する人間が、実は自分と同じ趣味を持っていた、もしくは図らずもその人の秘密を握ってしまった――というきっかけから関係性を構築するパターンが多いようですね。制作者の性格がよく反映されています」

「ぶ、分析はしなくていいから……！」

ヒルデガルドが顔を真っ赤にしながらブンブンと首を横に振る。

黒衣も、そんな問答をしている場合ではないと考えたのだろう。先を促すように続けた。

「とにかく、敵です。――騎士ヒルデガルド、お願いします」

「う、うん……！」

黒衣の要請に応ずるように、ヒルデガルドは両手を掲げた。

「第四顕現──【電影遊戯盤《ファナティックヘイム》】！」

ヒルデガルドを起点に、例の如く周囲の景色が塗り代わっていく。

「遊種指定《オーダー》！《恋愛シミュレーション》！

背景設定《シチュエーション》！　放課後の学校！」

薄暗いダンジョンが、夕焼けに染まる校舎へと変ずる。ファンタジー風の装《よそお》いをした無《む》色《しき》たちがやや場違いに思われた。

「攻略《ゲーム》──開始《スタート》！」

「──よし」

無色の前に、選択肢の記された半透明のウィンドウが表示される。

最初は面食らった術式も、今となっては慣れたものである。無色は今までと同様に、NPC彩禍たちに有効な選択肢を選ぼうとした。

「──させないよ」

が、そこで、水泳部彩禍が跳躍すると、無色に肉薄してきた。恐らくこちらの行動を妨害するつもりだろう。

とはいえ、ここはもはやジャンルが異なる。如何《いか》な攻撃も、《恋愛シミュレーション》の空間では意味を成さない。

だが。

「――おや、失敬。少し立ちくらみが」

水泳部彩禍は予想外の行動に出てきた。

無色を攻撃するのではなく、無色にぴと……と身を寄せてきたのである。

「ぐ……っ!?」

無色は予想外の衝撃に身を捩《よじ》った。――衝撃。そう、まさにそれは衝撃であった。比喩などではなく、身体《からだ》に電流が走るかのような感覚が生じたのである。

否《いな》。それだけではない。

「ふぅん……やるね。明日もまた、二人でゲームをしないかい？」

「わたしがここで働いているということは秘密だよ。もし守ってくれるなら……ね？」

「放課後、少し残りたまえ。……君には課外授業が必要なようだ」

他三人のNPC彩禍も、次々と『攻撃』を繰り出してくる。

無色は視界が明滅するかのような感覚に陥った。

「さ、彩禍ちゃん……！」

「――っ、やはり、そういうことでしたか」

「ど、どういうことよ、黒衣《くろえ》！」

瑠璃《るり》が狼狽《ろうばい》したように言う。黒衣は眉根を寄せながら続けた。

「騎士ヒルデガルドの第四顕現内では、相手を攻略することが攻撃行為となる――それはこちらからの一方的なものではなく、敵も同様だったのです」

「な、なんですって……!?」

「ナンバーワンホスト彩禍様のときに気づいておくべきでした。敵は我々の戦い方を学びつつあったのです」

黒衣は珍しく渋面を作ると、無色に向かって訴えかけるように声を発してきた。

「彩禍様、気を確かに持ってください。選択肢を選ぶのです」

「あ、ああ……」

無色は明滅する視界の中、選択肢に手を伸ばそうとした。だが――

「おや、どこへ行こうというのかな――」

「ぐ、ぐぅ……っ！」

彩禍たちにおしくらまんじゅうされ、身体に再度衝撃が走る。

――考えてもみてほしい。水泳部彩禍に、ゲーマー彩禍に、猫耳メイド彩禍に、教育実習生彩禍だ。あまりに頭が悪く、あまりに欲望にストレートで……あまりに素晴らしい。

というかそもそもの話として、無色はこのゲームにダイブしてからというもの、精巧に彩禍のビジュアルを再現したキャラクターを浴びすぎていたのだ。いくらNPCとはいえ、無色のサイカニウム許容量は既にギリギリのところまできていた。

そこにきて、これだ。妄想の世界でしか——否、妄想の世界であっても考えることが憚《はばか》られた存在が、今実像を伴って目の前にいる。嗚呼《ああ》、天国というのはこんなにも近くにあったのだ——

「——彩禍様！　いけません！」

「————」

瞬間。無色は限界を迎えた。

身体が淡く輝いたかと思うと、その姿が、『久遠崎彩禍』のものから『玖珂《くが》無色』のものへと変じていったのである。

存在変換。二つの姿を保つがゆえの現象。彩禍モードの無色は、強い興奮状態に陥り精神が乱れると、無色本来の姿に戻ってしまうのだ。どうやら、それはゲームの中でも同様だったらしい。

「無色さん！」

「無色……！」

「え……ええっ⁉」

三者三様の声音が、辺りに響き渡る。特に大きかったのは、無色と彩禍の秘密を知らぬヒルデガルドのものだった。

「む、無色くん……⁉　な……なんで⁉」

その動揺のためか、それとも無色へのダメージを軽減しようとしてか、ヒルデガルドの第四顕現が解除される。放課後の教室が、薄暗い城の内部へと戻っていった。

「ふっ――これはいい」

NPC彩禍たちは突然のことに驚きを見せつつも、不敵に笑って後方へと飛び退《の》いた。

そしてどこかへ呼びかけるように、高らかに声を上げる。

「――マスター・エデル！　今だ！」

するとそれに合わせるようにして、低い音を立てて城が震動し始めた。

「な……これは――」

「いけません。退避を――」

瑠璃と黒衣の言葉は、途中で寸断された。

理由は単純。部屋の真ん中を隔てるように、床と天井から壁が現れたからである。

それだけではない。前方、後方と、道が延びていた部分にも壁が生じる。

数秒あとには、無色はヒルデガルドとともに、部屋に閉じ込められてしまった。

「く……う……」

無色は身体の痛みが引くのを待って、どうにか身を起こした。

するとヒルデガルドが、心配そうに顔を覗《のぞ》き込んでくる。

「だ、大丈夫……？　無色くん……？　それとも、彩禍ちゃん……？」

「……今は、無色でお願いします」

「わ、わかった……けど、一体何がどうなってるの……？」

困惑した様子でヒルデガルドが言う。無色はさもあらんとうなずきながらも続けた。

「……すみません。あとで説明します。とにかく今は、状況を把握しましょ――」

と。無色はそこで言葉を止めた。

前方の壁に、先ほどまではなかった文言が認《したた》められたのである。

ヒルデガルドも無色の様子に気づいてか、そちらに目をやり――身体の動きを止める。

だがそれも無理からぬことではあった。

そこには、次のように書かれていた。

『恋しないと出られない部屋』――と。

第四章　謎の部屋から《脱出》せよ

「ふんぬぬぬぬぬ……！」

無色《むしき》は額に玉のような汗を浮かばせながら全力で壁を押し——

「はぁっ、はぁっ……、駄目だ。びくともしない……」

やがて、力尽きたように大きく息を吐いた。

そう。突如として小部屋のような空間に閉じ込められてしまったため、先ほどから脱出を試みていたのだが、全て無駄に終わっていたのである。

広さは一二平米ほどだろうか。もとは複数人が大立ち回りできるくらいの広間だったのだが、突然生えてきた壁によって分断され、手狭な空間に再構成されていた。

壁や床は頑丈で、通気孔らしき穴も見受けられない。完全な密室だ。ゲームの中だからいいものの、現実でこんな部屋に閉じ込められたなら、すぐに酸欠になってしまうだろう。

「やっぱり、あの文言が何かのヒントなのかな……？」

言いながら、壁の上部に目をやる。

そこには『恋しないと出られない部屋』という謎の文言が刻まれていた。

「ヒルデさん、どう思いま——」

「——ひゃひぃっ⁉」

と、無色が尋ねようとすると、ヒルデガルドがビクッと身体《からだ》を震わせながら後ずさった。

「あの、ヒルデさ」

「ぎゃぷょぉっ⁉」

「まだ何も」

「ちょぴゃうぇっ⁉」

無色が呼びかけるたびに、ヒルデガルドは奇声を発しながら遠ざかっていく。

しかしここは狭い部屋の中。やがて逃げる場所がなくなり、部屋の隅に行き着いてしまう。追い詰められたヒルデガルドは（別に無色は追い詰めたつもりなどないが）、目に涙を浮かべながら、喉から悲鳴とも威嚇とも取れぬ、ぴぃぃぃぃ……という甲高い笛のような声を漏らした。

「こ、困ったな……」

元より男性が苦手だというヒルデガルドである。突然無色とこんな部屋に閉じ込められ、神経質になってしまっているのかもしれなかった。

とはいえ、このままではまともに相談もできない。無色はとりあえずヒルデガルドが落ち着くのを待とうと、壁を背にするようにしてその場に座り込んだ。

そして、これからどうすべきかを、頭の中でぐるぐると考え始める。分断されてしまった黒衣《くろえ》や瑠璃《るり》は大丈夫だろうか。どうやったらここから出られるのだろうか。とはいえ仮に出られたとして――

「……あのＮＰＣ彩禍《さいか》さん四人がなあ……」

「…………」

と、無色がぽつりと呟《つぶや》くと、部屋の隅に填《は》まるようにへたり込んだヒルデガルドが、ぴくりと小さく反応を示したような気がした。

「全員すごいクオリティだったなあ……まさかあんな多彩な属性を彩禍さんに合わせるなんて。匠《たくみ》の業としか言いようがない。一瞬のうちに、経験してないはずの四人との出会いが頭の中に浮かんできたもんな……」

「…………っ」

視界の端で、ヒルデガルドが微《かす》かに蠢《うごめ》くのが見える。もしや、興味のある話題が聞こえてきてうずうずしているのだろうか……？

――だが、まだだ。ここで焦《あせ》ってはいけない。

無色は昔テレビで見た、警戒心の強い野生動物の調査をするドキュメンタリーを思い起こしながら、言葉を続けた。

「ボーイズサイドは現代の学園を舞台にしてるみたいだけど、あれで全キャラなのかな。それとも隠しキャラがいるのかな？　同級生二人、先輩一人、教育実習生一人っていう構成だったから、もしかして後輩キャラ……？　いや、でも彩禍さんにしっくりくる後輩設定ってなんだろう──」

「………そ、それはね……」

無色が腕組みしながら考えを巡らせていると、ヒルデガルドが恐る恐るといった様子で話しかけてきた。

「……事故で長い間昏睡《こんすい》状態に陥っていた近所のお姉ちゃんが目を覚まして、高校に入学してくるんだ。それで、久々に会った主人公に対して、『ふふ……久しぶりだね。これからよろしく。──いや、先輩？』って悪戯《いたずら》っぽく言ってくるんだよ……」

「……っ!?　なんですって──」

ヒルデガルドの言葉に、無色は両手を戦慄《わなな》かせた。

「な、なるほど……空白期間を作ることにより、お姉さんでありながら後輩という、一見相反する属性を共存させている……！」

「わ、わかる……？　お姉ちゃん後輩、いいよね……」

「はい。素晴らしいです。……あの、もしかしてなんですけど、そのお姉さん後輩彩禍さんって、年齢は主人公の一個上だったり——」

「……え!?　な、なんでわかるの？」

「やっぱり！　いえ、確証はなかったんですけど、一個先輩に猫耳メイド彩禍さんがいるじゃないですか。ヒルデさんならここの絡《から》みを放ってはおかないんじゃないかなって」

「す、すごい……！　その通りだよ。猫耳メイド彩禍ちゃんはお姉ちゃん後輩彩禍ちゃんと元同級生で親友だったんだ。それで、ルートによっては一緒にバイト先にね……」

「くはぁ……っ!?」

無色は喀血《かっけつ》するように身を捩《よじ》ると、ヒルデガルドに向き直り、居住まいを正して話の続きに耳を傾けた。ついでに他の彩禍たちの話も延々と聞いてしまった。

と、そのままどれくらい話し込んだ頃だろうか。

「……あっ」

ようやく自分から無色に話しかけていたことに気づいたのだろう。ヒルデガルドがハッと肩を震わせた。

しかし、形はどうあれ一度会話を交わしたことで緊張が解けたようだ。今度は奇声を上げて逃げ出すことはせず、申し訳なさそうに頭を下げてくる。

「……ご、ごめん。突然だったから気が動転しちゃって……」

「いえ、落ち着いてくれたなら何よりです。むしろお話を伺えて光栄でした。見たことすらないお姉さん後輩彩禍さんとのエンディングまで頭の中に流れ込んできました。——ありがとうございます、先生」

「先生……？」

ヒルデガルドが不思議そうに首を傾《かし》げてくる。

溢《あふ》れ出る敬意が呼称に表れてしまった。無色はコホンと咳払《せきばら》いをした。

「——ともあれ、脱出のため状況を整理しましょう」

無色が言うと、ヒルデガルドはこくりとうなずいたのち、おずおずと続けてきた。

「えっと……その……じゃあ一ついいかな……」

「はい、どうぞ」

「……なんで彩禍ちゃんが無色くんに……？」

「……………………、ですよね」

至極当然の疑問に、無色は大きく吐息しながらそう言った。

できることなら知られたくはなかった。けれど、決定的瞬間を押さえられてしまった以上仕方あるまい。

無色は観念したように、自分と彩禍が融合した状態にあることを簡単に説明した。

「……と、こういうわけなんです」

「ふ……ふぇー……」

ヒルデガルドは信じられないというような声を上げながらも、やがてそれを自分の中で咀嚼《そしゃく》するように断続的に小さくうなずいた。

「……そ、そうだったんだ……大変だったね……」

「はい、まあ……」

無色が答えると、ヒルデガルドは何かを思い起こしたように、「……あれ？　っていうことは今までの彩禍ちゃんって……？　いや、身体が彩禍ちゃんのときは彩禍ちゃんってことでいいの……？　でももしかして……」とぶつぶつ呟く。

しかし、段々と可能性を探るのが怖くなってきたのか、上擦った声を上げてきた。

「……う、うん。世の中には確定させない方がいいこともあるよね……」

「そ、そうですね……」

無色はヒルデガルドの大人な対応に感謝しつつ、話題を変えるように言葉を続けた。

「とにかく、まずはこの部屋です。一体なんなんでしょう、ここは」

無色が部屋の中を見回しながら言うと、ヒルデガルドが小さな声で答えてきた。

「ここは……『恋しないと出られない部屋』だよ……」

「はい……そう書いてありますね。でも、それって一体」

「そのままだよ。閉じ込められた人が、恋をしないと出られないんだ……」

「……なんですかその部屋？」

無色が汗を垂らしながら言うと、ヒルデガルドが弁明するように声を上げてきた。

「そ、そんなこと言われたって仕方ないじゃん……！　元ネタの『セッ……しないと出られない部屋』とか出したら、ゲームが一八禁になっちゃうし……いや、個人的には嫌いじゃないんだけど、彩禍ちゃんキャラでやるのはさすがにちょっと申し訳ないというか、解釈違いというか……」

捲《まく》し立てるように言ったところで、ヒルデガルドが「は……っ！」と息を詰まらせる。

だが、もう遅い。無色は渋い顔を作りながら尋ねた。

「……もしかしてヒルデさん。この部屋も？」

「…………ごめんにゃさい……私の作ったやつです……『Ⅲ《スリー》』に出てきます……」

無色の問いに、ヒルデガルドは観念したように答えた。

「なるほど……」

まあ、キャラクターモデルが流用されている以上、考えられなかった話ではない。無色《むしき》はあごに手を当てて考えを巡らせた。

「つまり元のゲームでは、プレイヤーと彩禍さんが部屋に閉じ込められ、少なくともどちらかが恋に落ちない限り、そこから出られなくなってしまう……と、そういうわけですか」

「……う、うん。理解が早くてめっちゃ助かる……」

「突然部屋に閉じ込められ、仕方なく協力しようとするも、恋なんてそう簡単にできるはずもなく、途方に暮れる二人……しかし諦めの中交わした何気ない会話の中で、今まで知らなかった相手の新しい側面を知り、胸がトゥンク……となる。するとその瞬間閉ざされた扉が開き、『えっ⁉ もしかして今のが……？』と慌てて相手を見ると、相手もまた頬を赤らめており、『まさか……えっ、どっちなのぉ～⁉』となる……ということですか」

「え……？ み、見てた……？」

無色が真剣な表情で考察を述べると、ヒルデガルドが感心を通り越して、どこか怯《おび》えた表情を浮かべながら肩をすぼめた。

しかし無色はまったく動じず、ヒルデガルドに向き直った。

「ヒルデさん」

「な、何……？」

「あなたは天才だ」

　無色は万感の思いを込めてそう言った。

　ヒルデガルドは少し気味悪そうに、しかしどこか満更でもなさそうに「そ、そうかな……」と頰を赤らめた。

「はい。……でも、困ったことになりましたね。ゲームとしてプレイするならまだしも、自分が閉じ込められるとなると……」

「……そ、そうだね。……くぅ……エデルのＡＩめ。彩禍ちゃんズだけじゃ飽き足らず、よりにもよってこんなものを……」

　ヒルデガルドが羞恥に身を焦がすように呻《うめ》く。無色は思わず苦笑してしまった。

「一応確認なんですが、ヒルデさんの術式でなんとかできたりは……」

「たぶん……難しいと思う。どっちかっていうと、彩禍ちゃんの第二顕現の方が有効なんじゃないかな……。無色くん、彩禍ちゃんの身体《からだ》に戻ってもらえたりする……？」

「あっ、あー……」

　言われて、無色は難しげな顔を作った。

　確かに彩禍の第二顕現【未観測の箱庭《ステラリウム》】ならば、この部屋を自由に作り替え、出口を開けることも可能かもしれない。

しかしそのためには、一つ如何《いかん》ともし難《がた》い問題があったのである。

「実は一人では戻れないというか……ちょっと必要な手順があってですね。いつも黒衣《くろえ》に協力してもらってるんです」

「そうなの……？　もし私にできることなら手伝うけど……」

「えっ⁉　いやあの、ちょっとそれは……難しいんじゃないかと」

「やってみないとわからないよ。教えて？　いつもはどうやってるの……？」

ヒルデガルドが尋ねてくる。無色はしばしの逡巡《しゅんじゅん》ののち、観念したように答えた。

「……その、簡単に言うと、外部から魔力を供給してもらうと、彩禍《さいか》さんの姿になれるんです。それでですね、その魔力供給の方法というのが……」

「うん」

「キス……でして」

「あー……なるほどなるほど。うん……キスね……」

ヒルデガルドはひとしきりうなずいたあと。

「えええええええええええええぇぇぇぇぇぇぇぇぇぇ――――っ⁉」

その言葉の意味するところに気づいたように、大声を上げた。

「そ、そんなの、恋したあとにすることじゃん……！」

「いやまあ、そうなんですけど……！」

ヒルデガルドのもっともな意見に、思わず顔を赤くしながら叫びを上げる。狭い部屋に二人の声音がぐわんぐわんと反響した。

だが、無色とヒルデガルドはすぐに黙り込んだ。

無色が彩禍の姿に戻れないということは、彩禍の第二顕現での脱出が不可能ということと同義。即《すなわ》ち、正攻法で部屋を脱出するしかないという事実を示していたのである。

「……ヒルデさん」

数秒ののち。呼吸を整え思考を纏《まと》めた無色は、改めてヒルデガルドに話しかけた。

「……！　な、何……？」

「突然すみません。変なことを聞きます。……俺に、恋できそうですか？」

「え……ええっ!?　や……そんな、いきなり言われても……」

「ちなみに俺はヒルデさんには恋できないと思います」

無色が言うと、ヒルデガルドは、ガーン！　とわかりやすくショックを受けた。

「そ、そうだよね……こんな生息域がダンゴムシと被《かぶ》ってるような陰キャ嫌だよね……キャッチフレーズが干物・日陰・ヒルデな女に恋なんてできるわけがないよね……」

「いや、違うんです。そういう意味じゃないんです」

ずーん、と沈んでいくヒルデガルドに、無色は慌てて声を上げた。

「すみません。言葉足らずでした。実は俺、既に心に決めた人がいるんです。だから、ヒルデさんが悪いわけじゃなくて、その人以外にそういう感情は持てないんです」

「あ……っ、なるほど……そういう……」

ヒルデガルドは納得を示すようにうなずくと、やがて興味深げに声をひそめてきた。

「……あの、それって誰か聞いちゃってもよかったり……？」

「あ、はい。彩禍さんです」

無色が特に躊躇《ためら》いもなく答えると、ヒルデガルドは驚くような、それでいて納得するような声を発してきた。

「えー！　はー！　ほぇー！　そうなんだー……。まあうん、でもわかるよ。彩禍ちゃん……いいよね……」

「はい。いいですよね……」

と、彩禍玄人《くろうと》同士多くは語らず、感じ入るように『良さ』を噛《か》み締めていると、ヒルデガルドが何かに気づいたように、ハッと肩を揺らしてきた。

「えっ、っていうことは無色くん、好きな人と融合しちゃってるってこと……？」

「あ、はい。そうなります」

無色が答えると、ヒルデガルドは興奮したように息を荒くし始めた。

「想《おも》い人と身体を共有……？　自分が自分であるとき、好きな人の身体は存在しない……この世で最も近くにいながら、決して出会うことのできない二人……まるでそれは昼と夜のように……やば……何それエッモ……創作意欲止まんねー……」

「あの、ヒルデさん？」

「……！　あ、ご、ごめん……『Ⅹ《テン》』の構想練っちゃってた……」

「『Ⅸ《ナイン》』まではもうあるんですね？」

無色の言葉に、ヒルデガルドが曖昧に誤魔化すような表情を浮かべてくる。

が、またすぐに、何かに思い至ったように目を見開いてきた。

「……って、無色くん、彩禍ちゃんモードになるために、黒衣ちゃんとキスするとか言ってなかったっけ……」

「あー……まあ、はい」

無色は汗を滲《にじ》ませながら首肯した。……実際のところ、黒衣の中身は彩禍なのだが、さすがにそこまでは漏らさない方がよいだろう。

しかしそれによって、ヒルデガルドの妄想がさらに捗《はかど》ってしまったようだった。

「……うわー、マジかー。こえー……最近の若者こえー……。でもそうしないと彩禍ちゃんになれないんだもんなー……よくできてる……って言ったら悪いけど、切ねー……」

などと、小さな声で独り言を呟《つぶや》く。考えごとをする際の癖なのか、指が自然とキーボードを叩《たた》くかのようにリズミカルに動いていた。

ゲームクリエイター・ヒルデガルドのファンとしては、新作構想の邪魔をしたくない無色ではあったが、今はそんなことをしている場合ではない。話題を変えるように、大きく咳払《せきばら》いをする。

「――それで、ヒルデさん。どうでしょう」

「え……ええっ!? そ、そんなこと言われても……」

ヒルデガルドは耳まで真っ赤にしながらそう言うと、やがて難しげな顔をして息を吐いてきた。

「……ごめん。それなら、彩禍ちゃんを好きって聞かない方がよかったかも……」

「……！ それは……そう、ですよね……。すみません、軽率でした……」

「う、ううん。無色くんは悪くないよ……！ 聞いたのは私だし……」

などと、互いに頭を下げたのち、しばしの間気まずい沈黙が流れる。

無色は奥歯を噛み締めながら、思案を巡らせた。

──このままでは、徒《いたずら》に時間を浪費するばかりである。分断されてしまった黒衣や瑠《る》璃《り》のことも心配だし、現実世界のことも気がかりだった。

そして何より、問題は残り時間だ。ヒルデガルドのおかげで大幅なショートカットができたとはいえ、このままでは部屋に閉じ込められたまま、制限時間が過ぎ去ってしまうだろう。かといって、他の冒険者たちがNPC彩禍たちを倒せるとも思えなかった。

手詰まりだ。無色たちはエデルガルドに挑むことすら許されず、こんなところで冒険を終えることになってしまうのだろうか。

「……なんで、こんな──」

「え？」

「あ、いえ。エデルガルドは、なんでこんな部屋に俺たちを閉じ込めたんだろうって思って。やっぱり、妨害が目的ですかね？」

「ん……それもあると思う。私がだいぶお城までの道のりをショートカットしちゃったから……。でも一番の理由は……」

「理由は？」

「……面白そうだったからじゃないかな……」

「……なるほど」

あまりに説得力のある理由に、無色《むしき》は眉根を寄せた。

エデルガルドの行動原理は、最初からそれに尽きる。合理非合理ではなく、面白いか否《いな》か。世界を巻き込む大事件を起こしていながら、どこまでも享楽的なのだ。

無色はしばし考えを巡らせると、ヒルデガルドに声を投げた。

「ヒルデさん。よかったら、生前の妹さんの話を聞かせてくれませんか？」

「エデルの……？」

ヒルデガルドはきょとんと目を丸くしながら首を傾《かし》げた。

「別に構わないけど……なんで？」

「少しでも、相手のことを知っておきたいんです。——もちろん本物の妹さんとＡＩのエデルガルドが別の存在であることはわかっています。でも、本当に記憶や思考パターンをトレースしているなら、何か突破口が見いだせるんじゃないかって」

無色が言うと、ヒルデガルドは納得を示すようにうなずいてきた。

「な、なるほど……わかった。どうせ黙ってても、時間を浪費するだけだもんね」

「はい。お願いします」

そう言って無色が首肯すると、ヒルデガルドは記憶を思い起こすような仕草をしながらぽつぽつと語り始めた。

「んっと……何から話せばいいかな。正直、子供の頃の記憶はだいぶ薄いんだよね……私とエデルは孤児で、物心ついた頃にはもう親はいなかったから。

代わりに私たちを育ててくれたのが師匠だったの。腕のいい魔術技師《ソーサリー・エンジニア》だったんだけど、子供に恵まれなかったらしくて、自分の技術の継承者が欲しかったみたい」

「そうだったんですか……。じゃあ、魔術はその師匠に？」

「うん。みっちり叩き込まれたよ。まあ、気づいたときにはそんな生活だったから、当時はそこまでスパルタって思ってなかったけど」

どこか遠い目をしながら、ヒルデガルドが続ける。

「そのときから、エデルの才能は別格だった。一二になる頃には、師匠より素早く精緻に魔術式を構成できてたくらい」

「それは……凄《すご》いですね」

「うん。凄かった。あの頃もそう思ってたけど、〈庭園〉に来てから、改めてその異常さがわかったよ。たぶん師匠も、エデルを後継者にって考えてたんじゃないかな……」

「たぶん？」

「ああ……うん。師匠、ちょうどそのくらいの時期に殺されちゃったから……」

「こ、殺された……？」

穏やかならざる言葉に無色が汗を滲ませると、ヒルデガルドが頬をかいた。

「うん……もともと弱みを握った議員とかマフィアを強請《ゆす》って研究資金を用立ててたらしくて、色んな方面からだいぶ恨みを買ってたみたいなんだよね……。ある日工房に入ったら、何発も銃弾を撃ち込まれた死体が転がってて……あれはエグかった……今でこそ克服したけど、しばらくお肉食べられなかったよ……」

「そ、そうですか……」

「そこでもエデルは私と違って、全然動じなかった。冷静に死体を処理して、師匠の遺産やデバイスを整理して……結局エデルと私とで、師匠の持ってたコネクションや工房、研究基盤をそっくりそのまま受け継いじゃったんだ。師匠の知り合いの魔術師の中には、まだ師匠が死んだって気づいてない人もいるんじゃないかな……？　師匠を殺した犯人もエデルが突き止めて、相応の代償を払わせたって言ってた。具体的に何をしたのかまでは教えてくれなかったけど……」

「……それは、また」

無色は汗を滲ませながら相槌《あいづち》を打った。

……なるほど。彼女が妹のことを天才と称する意味が少しわかった気がする。技術が卓抜していたというだけではなく、行動力と腹の据わり方が常軌を逸していたのだ。

「それからはずっと、エデルと二人で暮らしてた。仲は……私は悪くなかったと思ってるけど、エデルがどう思ってたかはわからないな……」

自嘲気味に、ヒルデガルドが続ける。

「たぶん鈍臭いとか、要領が悪いとは思われてたんじゃないかな……。私はお姉ちゃんで、本当はエデルを守ってあげなきゃいけなかったのに、全部エデルに頼ってばっかりで。……今でこそ〈庭園〉の技術部長なんて任されてるけど、エデルが生きてたら、間違いなくその座はエデルのものだったよ。

……私、今でもたまに思うんだ。もしも生まれつき身体《からだ》が弱いのが、エデルじゃなくて私だったらって。あのとき死んだのが私で、今もエデルが健在だったら、〈庭園〉も、世界も、今よりもっとよくなってたんじゃないかって……」

「何を言ってるんですか。そんなこと――」

「……ふふ、ありがと。優しいね、無色くんは」

無色の言葉に、ヒルデガルドが力ない笑みを浮かべる。

「でも、そう思っちゃうくらいに、あの子は優秀すぎたんだ。優秀すぎて……他の人とは見えてるものが違ったんだと思う。

ずっと一緒にいた私でも、きっとあの子のことを全然理解できてなかった。大事なことは何も知らなかった。今は……もっとわからなくなっちゃった」

　か細い声でそう言って、ヒルデガルドがくしゃくしゃと頭をかく。

「エデルは……何を思ってあんなＡＩを作ったんだろう。みんなの命を危険に晒《さら》して、世界を混乱に陥《おとしい》れて……。一体あの子は何がしたかったの……？　世界への復讐《ふくしゅう》？　それともデータとして永遠に生きたかったの？　わからないよ。あの子は何も言ってくれなかった。私が、言うに値しない人間だと思われていたのかもしれないけど……。つくづく私は、お姉ちゃん失格だったなって……」

「…………」

　無色は、ヒルデガルドの目を見据えながら無言になった。

　無色は生前のエデルガルドのことを知らない。ヒルデガルドとの姉妹関係などは言わずもがなだ。無責任な慰めの言葉などかけられるはずもない。

　ただ――一つ。

　同じく妹を持つ身として、一つだけ、確信できることがあった。

　無色はすっと目を細めると、静かに問いかけた。

「――好きな食べ物は？」

「え……？」

「エデルさんの好きな食べ物は、なんですか？」

無色が改めて問うと、ヒルデガルドは不思議そうな顔をしながら答えてきた。

「シチュー……かな。牛のスネ肉をトロトロになるまで煮込んだのが好きで、今日はシチューだよって言うと、目をキラキラさせてたから……」

「じゃあ逆に、嫌いな食べ物は？」

「ああ……それは簡単。ポロねぎ《リーキ》だね。ポトフなんかに入れると、綺麗《きれい》にそれだけ残すんだ。だからこっちも、バレないように細かく刻んで挽肉《ひきにく》に混ぜたりするの。まあ勝率は五分五分ってところだったけど……」

「ああ、わかります。瑠璃も昔はピーマンが苦手だったので。どんなにわかりにくく隠されてても器用に見つけるんですよね。ちょっと感心しちゃいました」

「ふふ——、ね。……まあ、嫌いなものってわかりやすいからね」

ヒルデガルドがふっと口元を綻ばせる。

「じゃあ——」

ほんの少しではあるが空気が弛緩《しかん》したのを感じ取り、無色は次々と質問を続けていった。

——趣味は？　得意なことは？　好きな本は？　ついついやってしまう癖は？　ここだけは譲れないこだわりは？

内容自体は何くれとないものである。他に話題のないときにする世間話か、さもなくば小学生が友人間で回すプロフィール帳の質問のようなものばかりだ。

この危機的状況にはまるで相応《ふさわ》しくない、特に重要性の高くない問いかけ。けれどそれだけに、ヒルデガルドも気負いなく答えられたようだ。無色の質問に、テンポよく返答してくる。

「──そうそう。私もエデルも昔からゲームが好きで、それこそ簡単なプログラムならよく組んでたんだよね。でも意外と趣味の違いっていうか、求める方向性の差があってさ」

「へえ、どんな差があったんです？」

「私はどっちかっていうとキャラ重視で、登場人物の心情とかストーリーに重きを置くタイプだったんだけど、エデルはとにかくシステムに凝るタイプだったんだよね。それぞれ好きに作ってた頃は別に問題なかったんだけど、初めて合作してみようってなったとき、その違いにお互い驚いちゃって」

ヒルデガルドが熱っぽく続ける。

「だって信じられる？　エデルったら『どのキャラがどのキャラ好きとか、こんな細かい相関図いる……？』とか言い出すんだよ⁉　あり得なくない⁉　いるどころかストーリーの根幹だよねぇ……⁉　かと思えば、ＲＰＧなのにやたら複雑なコンボシステムとか実装しようとするし、それを指摘したら『は？　お姉ちゃんマジで言ってる……？　コンボのロマンがわからないとか本当に我が姉か……？』とか真顔でめっちゃ詰めてくるしぃぃぃ……！」

「まあまあ。それで、結局どうなったんですか？」

「……どれだけ説明してもいまいちピンときてない顔してたから、キャラ同士の好感度によって戦闘時のパラメータにバフやデバフが乗るシステムを提案したら、ようやく理解してくれたよ……。エデルの方はまあ、難易度選択を細かくするって条件でＯＫした。あのときのゲームはネットで配布したけど、最高難度のモードクリアできた人何人いるのかな……？」

「あはは……大変だったみたいですね」

無色が苦笑すると、ヒルデガルドは「でも」と続けてきた。

「かと思えば、これは入れとかないとねー、って要素がドンピシャで被《かぶ》っちゃったりもしたんだ。隠しキャラとか、隠しコマンドとか。……あのときは、二人して笑っちゃった」

言って、ヒルデガルドが感慨深げに笑う。

無色は細く息を吐くと、数分前に比べて随分と緊張感の抜けたヒルデガルドの顔を見つめながら口を開いた。

「ヒルデさん」

「ん……何？」

「エデルさんのこと、たくさん知ってるじゃないですか」

「………………！」

無色《むしき》の言葉に、ヒルデガルドは驚いたように息を詰まらせた。

「や……でも、それとこれとは全然話が違うっていうか……」

「実は」

ヒルデガルドの言葉を遮るように、無色は言った。

「俺も、妹がいまして」

「う、うん……もちろん知ってるけど……」

妹とは当然瑠璃《るり》のことだ。ヒルデガルドが汗を滲《にじ》ませながら返してくる。

無色は、小さく首肯しながら続けた。

「俺の妹も滅茶苦茶《めちゃくちゃ》優秀で、天才って呼ばれてるんですよ。俺は不肖の兄でして。しかも恥ずかしながら、妹が〈庭園〉で魔術師をやってるなんて、ここ最近まで知らなかったんです。昔いろいろあったらしいんですが、全然覚えてなくて……」

「そ、そうなんだ……」

ヒルデガルドが、こちらの意図を図りかねたように言ってくる。

無色は、困ったような顔を作りながらため息をついてみせた。

「……やっぱり俺、瑠璃に嫌われてるんでしょうか。情けなくて頼りなくて恥ずかしい兄だって思われてるんでしょうか」

「や、そ、そんなことないと思うけど……」

「え、なんでそう思うんです？」

「だって、瑠璃ちゃんからそんなの聞いたことないし……。っていうかむしろ瑠璃ちゃん、お兄ちゃんのことだいぶ好きなんじゃないかな。よく無色くんの話するし……」

「それです」

無色が言うと、ヒルデガルドはきょとんと目を丸くした。

「な、何が……？」

「――ヒルデさん、さっき言いましたよね。エデルさんに、鈍臭いとか、要領が悪いと思われてたんじゃないかって。それは、エデルさんから直接聞いたんですか？」

「……そ、そういうわけじゃないけど……」

「じゃあ、わからないじゃないですか」

「それは……」

ヒルデガルドが自信なさげに口ごもる。無色は静かな口調のまま続けた。

「それに、こうも言ってましたね。エデルさんが何を思ってあんなＡＩを作ったのかわからない、自分には何も言ってくれなかった――って」

「…………」

「それを確かめる方法がたった一つだけあります」

「な、何……？」

ヒルデガルドが恐る恐るといった様子で問うてくる。

無色は、大仰にうなずいてそれに答えた。

「簡単です。――本人に、聞けばいいいんですよ」

「え……」

ヒルデガルドが、微《かす》かに眉根を寄せる。

「で、でも、エデルは、もう……」

「はい。残念ながら既にお亡《な》くなりになっています。でも――俺たちは今、エデルさんの記憶を受け継いだＡＩのところに行こうとしているわけですよね？」

「――――っ」

無色の言葉に、ヒルデガルドは息を詰まらせた。

ヒルデガルドも、気づいていなかったわけではあるまい。

けれど、妹が生前遺《のこ》した、妹そっくりのＡＩが、人類の敵として現れたというのだ。そんなことに思考を割いている余裕がなかったのだろう。

その気持ちはわからないでもない。もしも瑠璃が早逝していたとして、瑠璃そっくりの相手が敵として現れたなら、無色もヒルデガルドのように心を乱されてしまっていたに違いなかった。

――だからこそ、わかる。無色はヒルデガルドの目を見据えながら続けた。

「……こんな事態になってしまっているので、あんまり大声では言えませんけど、ヒルデさんは今、普通は得られない機会を手にしていると思うんです。

――何しろ、もう二度と会えないはずだった妹さんに、本当の気持ちを聞くことができるんですから」

「――――、で、でも……そんな……」

ヒルデガルドが怯《おび》えるように声を震わせる。

その気持ちは手に取るようにわかった。

――恐らく、怖いのだろう。その問いを発したとして、エデルガルドから拒絶の言葉を浴びるのが。自分の知らなかったエデルガルドの闇を覗《のぞ》いてしまうのが。

しかし。無色は、ゆっくりと首を横に振りながら続けた。

「ヒルデさんは、エデルさんが生きていた頃、大好きだよ、愛してるよ、ってよく伝えてたりしたんですか？」

「……え、ええ……？　いや、わざわざ言わないよ……そんなこと……」

ヒルデガルドが困惑するように眉を八の字にする。

まあ、仮に仲良し姉妹だとしても、頻繁にそんな会話をすることは稀《まれ》だろう。口下手なヒルデガルドならば尚更《なおさら》だ。

「でも、ヒルデさんはエデルさんのことが好きだったわけですよね？　――少なくとも、毎年欠かさず巡魂祭《じゅんこんさい》の準備に参加するくらいには」

そう。それは一つの事実だった。

他の行事は欠席しがちなヒルデガルドが、死者の鎮魂を願う巡魂祭にだけは、毎年参加していた。もしも妹のことを疎《うと》んでいたのなら、そんなことをするはずがない。

「そ、それは――」

ヒルデガルドはしばしの逡巡《しゅんじゅん》ののち、こくりと首を前に倒した。

「自分はそんなにエデルさんのことを愛していたのに、エデルさんは自分のことを嫌っていたかもしれないと思うんですか？　俺が妹だったら、そっちの方がショックです」

「………っ！」

無色の言葉に、ヒルデガルドはビクッと身体《からだ》を震わせた。

「すみません。言葉が過ぎました」

でも、と無色は続ける。

「ヒルデさん、あのＡＩの姿を見たとき、ショックを受けてましたよね。それって、エデルさんがそんなことをするはずがないっていう気持ちが、どこかにあったからなんじゃないですか？」

無色が問うと、ヒルデガルドは数秒の思案ののち、ぽつぽつと語り始めた。

「……あの子は、天才で……何を考えているのかたまにわからないところがあったけど……私の嫌がることは絶対にしなかった。間違っても、こんなことをするような子じゃなかった……

だから……エデルが作ったＡＩがこんな事件を起こすなんて、信じられなくて……

私は、エデルのことを何も理解できてあげられてなかったんじゃないかって……」

目にじわりと涙を滲ませながら、ヒルデガルドが言う。

それを見て、無色は小さく息をついた。

「よかった」

「……え……？」

無色の言葉に、ヒルデガルドが目を丸くする。

「ヒルデさんがエデルさんのことを信じているなら、やっぱり聞いてみるべきです。一体何を思って自分そっくりのＡＩを作ったのか。なぜこんなことをしたのか。――ヒルデさんのことを、どう思っていたのか。

人間、言葉にしないと伝わらないことって、結構あるものですよ」

「無色くん……」

ヒルデガルドは手の甲で涙を拭うと、ゆっくりと顔を上げた。

「……そうだね。ありがとう」

言って、ヒルデガルドがにこりと微笑《ほほえ》む。その表情からは、先ほどまであった憂いや悩みのようなものが、少しだけ晴れているような気がした。

「うん……魔術技師《ソーサリー・エンジニア》としては全然敵《かな》わなくても、私はエデルのお姉ちゃんだもんね。私だけは……エデルを信じてあげなくちゃ……」

ヒルデガルドが、自分に言い聞かせるように小さな声音で言う。

しかしそれには、聞き捨てならない言葉が含まれていた。

無色はビッと手を上げると、真面目な顔で言った。

「──ストップ。それには異論があります」

「え……？」

「ヒルデさんはエデルさんに敵わなかったって言いますけど、俺はそうは思いません。少なくとも俺は、ヒルデさんを世界最高の魔術技師《ソーサリー・エンジニア》だと思っています」

「ど、どうして……？」

ヒルデガルドが自信なさげに問うてくる。

無色は自信満々に胸を張って答えた。

「──あんな素晴らしいＮＰＣ彩禍《さいか》さんの数々を作り出した人が、天才でないわけがないじゃないですか！」

「────」

無色の言葉に、ヒルデガルドはしばしきょとんとした顔を作り──

「……っぷ、はは、あはははは……っ」

やがて、堪《こら》えきれないといった様子で笑い出した。

「何それ……ふふ……っ、あんなの全然魔術技師《ソーサリー・エンジニア》の腕とは関係ないよ」

ヒルデガルドはひとしきり腹を抱えて笑うと、やがて細く息を吐き出した。

「──ありがと、無色くん。あのエデルに本心を聞くためにも、この部屋を出ないとね」

「はい。頑張りましょう」

無色《むしき》が力強くうなずくと、ヒルデガルドはしばしの沈黙ののち、ぽつりと呟《つぶや》くように言ってきた。

「……ね、無色くん。無色くんが彩禍ちゃんの身体に戻れれば、第二顕現で壁に扉を作れるんだよね……？」

「え……？　はい。それはそうですけど……」

無色が答えると、ヒルデガルドは恥ずかしそうに頬を染めながら続けた。

「……なんていうか、その。もし無色くんが嫌じゃなければだけど……、私でよければ……なんて……」

「え――」

そこでようやくヒルデガルドの意図を察し、無色は顔を赤くした。

「そ、それって……」

「……ご、ごめん、突然変なこと言って。嫌だったら全然あれなんだけど……それでここから出られるならって……、あ！　いや、だからといってそのために仕方なくってことじゃなくて……！」

「いえ、そんな！　嫌だなんてことは……むしろ、ヒルデさんからそんなことを言わせてしまって申し訳ないです」

ただ、と無色は言葉を続けた。

「……すみません。説明不足でした。黒衣《くろえ》以外から魔力供給を受けるときは、事前に術式を施しておいてもらわないといけなくてですね……その、ただキスしただけでは、駄目というか……」

「…………ふぇっ⁉」

申し訳なさそうに無色が言うと、ヒルデガルドはボンッ！　と頭から煙を噴いた。

「そ、そそそそそうなんだ……ご、ごごめんね早とちりして……」

「い、いえ……こちらこそすみません……」

無色が詫《わ》びるも、ヒルデガルドは落ち着かない様子で頭を抱えた。

「あああああぁぁぁ、こ、これじゃただの変態だよねぇぇぇぇぇ……〈庭園〉にはチクらないでぇぇぇぇぇ……違うんだよぉぉ……ピンチに乗じて男子生徒にチューしようとしたとかそういうんじゃなくて、私はただ純粋にここを出るために……いつもならこんなこと言わないし、なんかよくわかんないけど……今ならなんか、大丈夫かなって……」

と。

ヒルデガルドが混乱したように目をぐるぐるさせた、その瞬間である。

無色たちのいた部屋が、重苦しい音を立てながら震動し始めた。

「な……これは――」

「……っ⁉　な、何……⁉」

無色たちが驚いていると、部屋の壁に亀裂が入り、徐々にその口を開けていった。

まるで、観音開きの扉が開いていくように。

それを見たヒルデガルドが、何かを察したかのように「ひっ」と息を詰まらせ、既に赤かった顔をさらに真っ赤に染めた。

「えっ……これってまさか――、ちょ……っ、待っ……⁉　違う！　今のノーカン！　クソチョロにもほどがあるし、開くにしてももうちょっとタイミングってものが――」

「ひ、ヒルデさん？　どうしたんですか、落ち着いてください」

突然挙動不審になったヒルデガルドを宥《なだ》めるように声を上げる。

そうこうしている間にも壁はどんどん開いていき――

「――ようやく開きましたか」

「まったく、手間をかけさせてくれたわね……」

その合間から、先ほど分断された黒衣と瑠璃《るり》が顔を出してきた。

「黒衣！　瑠璃！」

無色とヒルデガルドが首を傾《かし》げてきた。

「な……えっ⁉　なんで……」

無色とヒルデガルドが驚愕《きょうがく》の声を上げると、二人が首を傾げてきた。

「なんでと申されましても」

「……そっちこそ何やってたの？」

瑠璃が半眼を作りながら問うてくる。無色とヒルデガルドはハッと息を詰まらせて視線を逸らした。

二人は訝《いぶか》しげな目でこちらを見てきたが、とりあえず話を進めようと判断したのか、小さく首肯して言葉を続けてきた。

「あのあとわたしと瑠璃さんも小部屋に閉じ込められていたのですが、なんとか脱出に成功したため、無色さんと騎士ヒルデガルドを外部から救出できないか試みていたのです」

「そういうこと。結構頑丈だったけど、なんとかなってよかったわ」

黒衣が淡々と、瑠璃が胸を張りながら言ってくる。無色はなるほどと息を吐いた。

「そうだったんだ……ありがとう、助かったよ」

「……な、なんだ……そういうことか……あっぶな……私てっきり……」

ヒルデガルドが何やらブツブツと小声で言ってくる。無色はきょとんと首を傾げた。

「ヒルデさん？　何か言いましたか？」

「な、なんでもない……！」

ヒルデガルドは顔を真っ赤にしながら、首をブンブンと横に振った。

不思議な反応ではあったが、別にそれ以上追及する必要もあるまい。無色は黒衣たちの方に目を向けた。

「でも、よく脱出できましたね。二人が閉じ込められたのはどんな部屋だったんですか？」

「…………」

「…………」

無色が問うと、黒衣は表情を変えぬまま、瑠璃は頬を染めながら視線を逸《そ》らした。

「まあ、いいではありませんか。脱出できた今、さほど重要な問題ではありません」

「……そ、そうよ。これはゲーム……あくまでゲームだし……!?」

「そ、そっか……」

一体どんな部屋だったのだろうか。ものすごく気になった無色だったが、なんだかそれ以上聞いてはいけないような気がした。話題を変えるように小さく咳払《せきばら》いをする。

「とにかく、助かりました。でも、ちょっと意外でしたね。内側からは出られない部屋でも、外部からは開けられるなんて」

無色が言うと、黒衣と瑠璃は思い出したように視線を戻してきた。

「いえ、普通ああいったギミックルームは、外部からの干渉にも強固に作られているそうです。いくら瑠璃さんでも、力任せに開扉《かいひ》することは不可能だったかと」

「え？　じゃあ一体どうやって――」

と、無色が言いかけたところで。

『――そろそろ話は終わっタかナ』

無機的な電子音声のような声が響いたかと思うと、黒衣たちの陰から、何やら丸っこいシルエットが現れた。

「わっ⁉」

突然のことに、思わず声を上げてしまう。

そこに現れたのは、生物とも無機物とも言いがたい、奇妙な物体だった。

大きさは三〇センチほどだろうか。人の形を極限までディフォルメしたかのような形状をしている。喩《たと》えるならば、レトロゲームのドット絵を立体にしたような様相だった。

そんな謎の物体が、ふわふわと空中を浮遊しているのである。驚くのも当然ではあった。

「な、なんですかこれ……」

『恩人に向カって、「これ」とハご挨拶だナ』

「え……？」

謎の物体に言われ、無色は目を丸くした。

そして気づく。無色はかつて、その電子音声を耳にしたことがあったのである。

そう。確かあれは、喰良《くらら》事件の直後。日本国内の魔術師養成機関の長《おさ》が一堂に会した報告会でのことだ。

「まさかあなたは――志黄守《しきもり》学園長？」

『ほウ』

無色が言うと、浮遊したドット絵は興味深そうに目を細めた。――まあ、表情の変化は目の位置にあるドットが半分になっただけだったけれど。

『これだけノ情報デよく気づいタな。さすガは神話級を倒しタ男といったトころかイ、玖珂《くが》無色』

ドット絵――志黄守が言ってくる。

すると、その話題を深掘りされるのを嫌ったのか、黒衣が咳払いをした。

「――ご紹介が遅れました。お察しの通り、こちらは魔術師養成機関〈黄昏《たそがれ》の街衢《がいく》〉、志黄守吠人《ばいと》学園長です。〈街衢〉も〈庭園〉と同じくエデルガルドの干渉を受けていたのですが、いち早く学内コンピュータの制御を取り戻したため、サポートに駆けつけてくださいました」

「なるほど。もしかして、俺たちを脱出させてくれたのは……」

『そういウことダ。……マあ、此方《こちら》の解析よりモ少し扉が開くタイミングが早かッたような気もすルが……誤差の範囲だろウ』

「そうでしたか。ありがとうございます」

無色が素直に謝辞を述べると、なぜか頬を赤くしたヒルデガルドが、無色の陰に隠れるようにしながら声を発した。

「……そ、それはありがたいんだけど、なんでそんな身体《からだ》になっちゃったの？」

それは無色も先ほどから気になっていることだった。現実と見紛《みまが》うばかりにリアルなこの世界において、彼の存在だけが異質というか、数世代前のゲームのようだったのである。

すると志黄守が、カクカクした動きで肩をすくめてきた。

『何か勘違いがあるヨうだが、この身体ハあくマで、現地作業用のアバターだ。僕の意識は今も現実世界にアる。僕はどこカの誰かさンたちと違っテ、プレイヤーの魂を吸うゲームに自ら飛び込むほド、命知らズの特攻野郎でハないのでネ』

「…………」

その言葉に、命知らずの特攻野郎どもは汗を滲《にじ》ませながら押し黙った。

しかし当の志黄守はそんな空気を気にする素振りもなく、周囲をキョロキョロ見回すような仕草をした。

『ところデ、〈庭園〉からノ突入組はこれで全部かイ？　あノ久遠崎彩禍《くおざきさいか》のことダ。てっきり自ら先陣を切ルと思っテいたのだガ』

「……、ご心配なく。彩禍様は彩禍様で、きちんと動いていらっしゃいます」

志黄守の問いに答えたのは黒衣だった。志黄守が不審そうに返す。

『にしてハ、姿が見えナいようダが――』

と、志黄守が言った、そのときである。

先ほどのようにゴゴゴゴ……と重苦しい音が鳴ったかと思うと、無色《むしき》たちの左方の壁が展開し、可愛《かわい》らしい衣装を纏《まと》った四人のNPC彩禍たちが姿を現した。

「おやおや、何やら賑《にぎ》やかだと思って来てみれば――」

「再戦希望とはね。またわたしに敗北したいのかい？」

「どうやら招かれざるご主人様もお出ましのようにゃ」

「悪い子たちだ。どうやら特別補習が必要なようだね」

言って、水泳部彩禍、ゲーマー彩禍、猫耳メイド彩禍、教育実習生彩禍が床を蹴って左右に展開する。

それを見てか、志黄守が怪訝《けげん》そうな声を発した。

『……しばラく見ない間に増殖しタのか？　あノ魔女ならあり得なクもなさそうダが』

「納得しないでください」

黒衣《くろえ》はぴしゃりと言うと、表情を険しくしながら油断なく構えを取った。

「そうでした。あの部屋を抜けられても、彼女らをどうにかせねば、先には――」

が。無色は警戒を滲ませる黒衣の脇を悠然と抜け、ＮＰＣ彩禍たちの前に立った。

「無色さん……？」

黒衣が無色の意図を図りかねたように言ってくる。

それはそうだろう。相手は最強のステータスを持ち、尚且《なおか》つヒルデガルドの第四顕現の対処法まで心得ている、エデルガルドの守護者四人。事実先ほど無色は、強制的に存在変換をさせられるほどの興奮を与えられてしまっていた。

しかし――

「ここは俺に任せてください、黒衣」

今の無色は、先ほどまでの無色とは違った。確信とともに声を上げる。

「――お願いします、ヒルデさん！」

「う、うん……！」

無色の呼びかけに呼応し、ヒルデガルドが背に界紋《かいもん》を輝かせる。

「第四顕現──【電影遊戯盤《ファナティックヘイム》】！」

そして彼女がその名を唱えた瞬間、周囲の景色が先ほどと同じ放課後の学校へと変貌を遂げた。無色の前に、選択肢の書かれたウインドウが展開される。

「ふっ、何をするのかと思えば──」

「わたしたちが既にこの第四顕現に対応済みだということを忘れたのかな？」

ＮＰＣ彩禍たちが不敵に微笑《ほほえ》み、無色に向かって床を蹴ってくる。──恐らく、無色に触れ、甘い言葉を囁《ささや》くために。

「…………」

だが、無色は選択肢に一瞥《いちべつ》さえくれずに足を踏み込み、ＮＰＣ彩禍たちとの距離を詰めると、囁くように言った。

「──事故で負った怪我《けが》が不安なのはわかります。でも、無茶は禁物ですよ。彩禍さんならきっと、また泳げるようになります。俺は信じていますから」

「は……!?」

水泳部彩禍が、意味がわからないといった様子で目を剝《む》く。

しかし無色は構わず、ゲーマー彩禍、猫耳メイド彩禍、教育実習生彩禍に向かった。

「――格ゲーで三連勝した方が、相手になんでも言うことを聞かせられる――でしたよね。ふっふっふ、それじゃあ彩禍さんには……俺ともう一戦してもらいましょうかね？」

「何を言って……!?」

「――先生にアルバイトがバレそうになったときのこと……ですか？　そんな。気にしないでください。俺が好きでやったことです。いつもみたいに猫耳メイドさんが笑顔で出迎えてくれれば、それで満足ですよ」

「わたしと君は出会ったばかりでは……!?」

「――えっ？　用意してたコスプレ衣装のジッパーが壊れて閉まらなくなっちゃったんですか？　とりあえず俺の上着を着てください。大丈夫です。全然寒くないです。……先生のこと見てたら、ちょっと暑くなっちゃったんでちょうどいいくらいですよ」

「なんだそのエピソードは……っ!?」

三人のＮＰＣ彩禍も、水泳部彩禍と同様に困惑した顔を作ったが――

『が……っ!?』

その反応とは裏腹に、凄《すさ》まじい衝撃を受けたように身体を震わせた。

「な、なんだ……この感覚は……」

「そんなイベント……知らない……」

「知らない……はずなのに……」

「なぜ、こんなにも――」

NPC彩禍たちが、陶然としたように声をもらす。

それはそうだ。なぜならそれらのエピソードは、先ほど『恋しないと出られない部屋』の中で、彼女らの制作者であるヒルデガルドから直接教授された、彼女らが本来のゲームで辿《たど》るべきイベントの数々だったのだ。

「――さようなら、彩禍さん。次会うときは、きっと、本来の形で」

無色が言うと、四人のNPC彩禍たちは、どこか満足げに、光と消えていった。

それに合わせて、周囲の景色が元に戻る。

「やった……！　すごいよ無色くん……！」

ヒルデガルドが、興奮したようにぐっと拳を握ってくる。

反して黒衣は、今目の前で起こった光景が理解できないといった顔を作っていた。

「……何が起こったのか解説を求めたいところですが……NPC彩禍様たちを倒せたのは僥倖《ぎょうこう》です」

黒衣は、ものすごく気にはなるが、今はそんなことにかかずらっている場合ではないと判断したようで、先を促すように顔を上げた。

「とにかく、先を急ぎましょう。――志黄守学園長、お願いします」

『アあ』

志黄守は黒衣の声に応えるように、奥の壁に触れた。

するとその壁に無数の数字や記号が輝き、低い音を立てて左右に分かれていった。その先に、上階へと伸びる階段が見える。

『さあ、行くがいイ。この先が王の間ダ』

「志黄守学園長は来ないんですか?」

無色が尋ねると、志黄守は小さくうなずいてきた。

『まだ他にもやらねバならないコとがあるのデね。そレに――』

「それに?」

『正直戦い方ノ概念が違い過ギて、僕には付いテいけそうニない』

「……あっはい」

無色は苦笑しながらうなずくと、志黄守を残して階段を上っていった。

◇

「ここが……王の間」

長い階段を上りきった無色は、目の前に聳《そび》えた大きな扉を前に、呟《つぶや》くように言った。

この城に足を踏み入れてから様々なことがあったが、ついにここまで辿り着いた。

──この扉の先に、ティルナノーグの王・エデルガルドがいる。

無色は決意を新たにするように拳を握った。

「準備はいいですか、ヒルデさん、瑠璃《るり》、黒衣」

無色の言葉に、三人が順に答えてくる。

「う、うん……！」

「当然」

「駄目です」

が、最後の黒衣が淡々とそう言ってくる。無色は思わずコケそうになってしまった。

「だ、駄目なんですか……？」

「はい。まだ大事なことを済ませていません」

黒衣はそう言うと、ちらとヒルデガルドを一瞥した。

「確認ですが、無色さん。──騎士ヒルデガルドに身体のことは？」

「あ……簡単にですが、明かしました。誤魔化せるような状況ではなかったので……」

無色が答えると、黒衣は想定の範囲内というように「そうですか」とうなずいた。

「存在変換の条件についてもですか？」

「はい」

「ならば隠れる必要はありませんね」

「はい――って、え？」

無色は目を丸くした。

だがそれも当然だろう。何しろ黒衣が急にぐいとローブの胸ぐらを摑《つか》んできたかと思うと、そのまま自分の唇を、無色の唇に重ねてきたのだから。

「――――⁉」

驚愕《きょうがく》の中、無色の身体《からだ》はぼんやりと輝きを帯び――やがて、彩禍の姿へと変じていった。

考えてみれば道理だ。無色の身体はＮＰＣ彩禍たちに存在変換させられてから、無色本来のものになったままだったのである。

「わ、わぁ……っ⁉」

後方から、存在変換を目撃したヒルデガルドの声が響いてくる。頬を赤くし、両手で顔を覆っているのだが、指の隙間からばっちり目が覗《のぞ》いていた。

「ほ、ホントだ……無色くんがキスで彩禍ちゃんに……」

どちらかというと驚いたのは無色《むしき》の方なのだが、彩禍《さいか》に変じた以上、みっともなく慌てふためく様を見せるわけにはいかなかった。務めて平静を装《よそお》い、余裕に満ちた笑みを浮かべてみせる。

「……ああ。驚いたかい？」

「う、うん……うわー……み、見ちゃった……こんな目の前で……うひぃー……」

言って、ヒルデガルドが興奮したように息を荒くする。黒衣がやれやれと吐息した。

「この程度で狼狽《うろた》えないでください。彩禍様と無色さんの秘密を知ってしまった以上、あなたも共犯者です。このことはくれぐれも口外はしないようお願いします」

「そ、それはもちろん……」

ヒルデガルドはこくこくとうなずくと、躊躇《ためら》いがちに言葉を続けた。

「えっと……私も秘密を知っちゃったってことは、今後また私の前で存在変換……？　することもあるかもしれないわけだよね……？」

「まあ、そういうこともあるかもしれません」

「その……資料用にキスしてるとこの写真とかって……」

「は？」

「……ごめんなさいなんでもないです」

黒衣に睨《にら》まれ、ヒルデガルドが汗を垂らしながら視線を逸《そ》らす。

そんな様子を見て、無色は思わず苦笑し——

そこでとあることに気づき、「ん？」と小さく首を傾《かし》げた。

「瑠璃、大丈夫かい？　もしかして、体調が優れないとか……」

「へ？　いえ、そんなことはありませんけど……どうしてです？」

瑠璃が不思議そうに問い返してくる。

彼女が無色の存在変換を目《ま》の当たりにしながら、奇声を上げたり、血の涙を流して歯を噛《か》み締めたり、ぶつぶつと呪いの言葉を吐いたりしないなんて珍しいと思ったが……考えてみれば今からこの世界を支配するボスとの戦いに臨もうというタイミングである。さすがに瑠璃も弁《わき》えているのかもしれなかった。

「いや——なんでもないならいいんだ。すまないね」

無色は頭を振りながら言うと、気を取り直すように右手を掲げた。

「さて、では気を取り直して、今度こそ行こうか」

そしてその言葉と同時、頭上に二画の界紋を輝かせ、手に巨大な杖《つえ》を顕現させる。

【未観測の箱庭《ステラリウム》】。先ほどの部屋では扱うことが叶《かな》わなかった、彩禍の第二顕現である。

無色は大仰な仕草でその杖を床に打ち付けた。小気味のよい音が、辺りに反響する。

すると、まるでそれをノックの音としたかのように、無色たちと王の間を隔てる鈍重な扉が、自動的に開いていった。

皆と視線を交わして扉をくぐり、王の間へと足を踏み入れる。

「――――」

――扉の先に広がっていたのは、城の中とは思えないほどに広大な空間だった。

虚空《こくう》に不可思議な光源が点在し、周囲を照らしてはいるものの、その先には仄暗《ほのぐら》い闇が茫洋《ぼうよう》と広がり、どこに壁があるのかさえ判然としない。現実の建築物にはあり得ないような、なんとも奇妙な場所である。

とはいえ、今はそんなものに気を取られている場合ではなかった。

その空間の中央に、無色たちがずっと探し求めていたものがあったからだ。

「シルベル……！」

悲鳴じみたヒルデガルドの声が、幾重にも反響する。

そう。部屋の中央には、まるで天を支える世界樹の如《ごと》く巨大な柱が屹立《きつりつ》していたのだが、そこに、ヒルデガルドと瓜二《うりふた》つの貌をした少女が、ぼんやりと光り輝く鎖で縛りつけられていたのである。

そして、その下に設《しつら》えられた玉座に――

「――ああ、いらっしゃい。思ったより早かったね、お姉ちゃんたち」

　悠然とした様子で、エデルガルドが腰掛けていた。

「エデル――」

　ヒルデガルドが微《かす》かに眉根を寄せながらその名を呼ぶと、エデルガルドは「んー……」と伸びをしてから、ぴょんと玉座からジャンプした。まるで、彼女の周囲だけ重力が弱くなっているかのような不自然な放物線を描いて、ふわりと床に着地する。

　エデルガルドはニッと天使の如き笑みを浮かべると、小さく咳払《せきばら》いをしたのち、芝居がかった調子で続けた。

「――よくぞここまで辿り着いた。我が名はエデルガルド・シルベル。この地ティルナノーグを支配する王である。

　我が王座を簒奪《さんだつ》せんとする、傲岸且《か》つ不遜な冒険者よ。我が偉容を目にしてなお、その愚昧なる野望を捨てぬというのならば、かかってくるがよい」

　そしてそう言って、大仰に両手を広げてみせる。

　するとそれに、黒衣《くろえ》が眉根を寄せながら返した。

「……なんのつもりです？」

「もう、ノリ悪いなあ。せっかくラスボスの前に辿り着いたんだから、相応のリアクションってものがあるでしょ？」

エデルガルドはそう言うと、不満そうに腕組みした。

「うーん……そもそも、プレイスタイルが褒められたものじゃないんだよねぇ。術式保持はまだ大目に見るとしても、セーブデータ保有はちょっとズル過ぎるでしょ。ファストトラベルでお城の前って。無粋にもほどがあるよ。正規ルートでも効率的に動けば、ちゃんと制限時間に間に合うように設定してたんだよ？　せっかく三つの島にいろいろイベント配置してたのにさぁ……」

などと、指の先でトントンと腕を叩《たた》きながら、苦言を呈するように言ってくる。

……なんだろうか、見た目を抜きにしても、ヒルデガルドの妹をモデルにしているというのが一瞬で理解できた気がした。

とはいえ、彼女が危険な存在であることに変わりはない。無色は油断なくその姿を見据えながらも、落ち着いた調子で返した。

「生憎《あいにく》だが、君の遊びに付き合うつもりは──」

「第二の島の水着魔女さんフェスティバルとか、渾身《こんしん》の出来だったのに」

「…………」

「ちょっと悔しそうな顔をしないでください」

黒衣が小声で注意してくる。無色はコホンと咳払いをした。

「──わたしを模した最強キャラクターを五月雨《さみだれ》式に差し向ける君に、プレイスタイル云々《うんぬん》を言われるのは心外だね」

「ああ、あの魔女さんたち？　よかったでしょう。お姉ちゃんのパソコンのデータを探ったら見つけちゃってさ。あんまりにモデリングの出来がよかったから使わせてもらっちゃったんだ。いやぁ、しばらく見ないうちにお姉ちゃんも腕上げたよねぇ。──まあ、ゲームのキャラを作るのにナマモノを使うのはあんまり褒められたことじゃないかもだけど。本人に許可も取ってなかったみたいだし。お姉ちゃん昔からそういうとこあるよね」

「う、うう……」

エデルガルドの指摘に、ヒルデガルドが汗を滲《にじ》ませながら肩をすぼめる。

しかし、彼女は思い直すように首を横に振ると、足を一歩前に踏み出した。

「……やっぱりあなたは知ってるんだね、私のことを」

「うん。言ったでしょ？　私はエデルガルド・シルベルの全てを受け継いだＡＩだって」

その言葉に、ヒルデガルドは意を決するように表情を勇ましくした。

「なら……答えて。エデルは一体、何を思ってあなたみたいなＡＩを作ったの？　今起きている状況はエデルの意志なの？　エデルは──」

ヒルデガルドは一瞬言葉に詰まりそうになりながらも、続けた。

「私のことを、どう思っていたの？」

例の小部屋で無色と交わした言葉をなぞるように、ヒルデガルドが言う。

エデルガルドはそれを受けて、驚いたように、それでいて興味深そうに目を丸くした。

「ふぅん……何かあった？　お姉ちゃんがそんなにはっきりと要望を口にするなんて」

「……答えて。お願い」

ヒルデガルドがなおも言うと、エデルガルドはふっと目を伏せた。

「いいよ。ただし――」

エデルガルドは唇を三日月の形に歪《ゆが》めると、トンと床を蹴ってその場に浮かび上がった。

「――この私を倒すことができたらね！」

その言葉と同時、エデルガルドの身体が淡く発光したかと思うと、周囲を濃密な魔力の気配が覆った。

「……ッ！」

身体を圧《お》し潰されるかのような重圧に、思わず顔をしかめる。

そのプレッシャーは、ＮＰＣ彩禍たちの比ではない。吹けば飛ぶような小柄な少女は、一瞬にしてこの世界を支配する『妖精王』へと変貌した。

「彩禍様！」

「ああ……！」

無色は黒衣の声に短く答えると、油断なく第二顕現の杖を構えた。

それに続くように、他の面々もまた同じように臨戦態勢に入る。

が──まさにそのときだ。

「え──？」

無色は、自分の喉からそんな声が漏れるのを聞いた。

──鋭い痛みが背を通し、胸に生じる。視界に赤い飛沫《ひまつ》が散る。

一拍遅れて無色は気づいた。

何者かに、背後から背中を刺されたのだと。

「か……は……っ──」

「彩禍様……!?」

無色が喀血《かっけつ》して膝を折ると、黒衣が悲鳴じみた声を上げながら駆け寄ってきた。

「ぐ……」

明滅する視界の中、どうにか顔を上げ、自分の後方に立っていた人影を見やる。

そして、無色は言葉を失った。

何しろそこにあったのは、血に濡《ぬ》れた剣を掲げながら薄い笑みを浮かべる、瑠璃《るり》の姿だったのだから。

「瑠、璃……？　なぜ……君が――」

無色《むしき》が辿々《たどたど》しく声を発すると、瑠璃は不思議そうに眉を歪めたのち、得心がいったようにうなずいた。

「ああ、そうでしたそうでした。まだキャラデ戻してませんでしたね」

瑠璃は軽い調子でそう言うと、手元にウインドウを表示させ、手早く弄《いじ》ってみせた。

すると、見慣れたその顔が、段々と別のものに変貌していく。

――派手な色に染められた髪。犬歯の目立つ口元。ピアスとイヤーカフで飾られた耳。

「な――」

それを見て、無色は目を見開いた。

だがそれも当然だ。何しろそこにいたのは――

「――ぷはぁ。お久しぶりっすねぇ、魔女様？

いえ――むしピってお呼びした方がいいっすか？」

神話級滅亡因子《マイソロジア》〈ウロボロス〉をその身に宿せし魔術師。
——鴇嶋喰良《ときしまくらら》その人だったのだから。

第五章　最後の《パズル》

「な――」

激しい痛みに意識が朦朧《もうろう》とする中、無色《むしき》は呆然《ぼうぜん》と声を漏らした。

だがそれも無理からぬことだろう。もしも無色と同じ状況に置かれたならば、誰であろうと似たような反応を取ってしまうという確信があった。

――何しろ、ここまで苦楽をともにしてきた仲間が、突然人類の仇敵《きゅうてき》とも言うべき相手に変貌したというのだから。

「やぁん、ナイスリアクション。いい顔してくれるじゃないっすか。アタシ様もしかして隠れSだった？　ちょっとゾクゾクしちゃいます」

しかし当の喰良は、至極軽い調子でそう言って身体《からだ》をくねらせた。

「喰、良……」

無色は顔中に脂汗を滲《にじ》ませながら、呻《うめ》くように言った。

恐らく、ゲームのキャラクターメイク機能を使って顔を変え、瑠璃《るり》に化けていたのだ。

無色たちの油断を誘い、不意を衝《つ》くために。

とはいえ、最初から入れ替わっていたということはまずあり得まい。無色はゲーム内にダイブしてから初めて瑠璃に会ったときのことを思い起こした。街の広場でナンバーワンホスト彩禍《さいか》に膝枕されてトロトロになった表情。そしてその後の神がかった土下座。あれが偽物《にせもの》の瑠璃であったとは到底思えなかったのだ。

かといって、それから瑠璃は常に無色たちと一緒にいた。入れ替わる隙など――

「……っ、そうか……小部屋に分断されたとき――」

無色が気づいたように声を漏らすと、無色の傷の止血をしながら、黒衣《くろえ》がキッと険しい表情を作って顔を上げた。

「……ええ、恐らく。中途半端《ちゅうとはんぱ》な妨害策だとは思っていましたが、これが本命でしたか」

忌《い》ま忌《い》ましげに喰良を睨《にら》み付けながら、続ける。

「もっと早くに気づくべきでした。――わたしが無色さんの存在変換を行ったとき、あの瑠璃さんが何も言わないはずがなかったのに」

そうだ。確かにあのとき、瑠璃は存在変換を見てもこれといった反応を示さなかった。

無色はそれに違和感を覚えていながらも、そういうこともあるのかもしれないと見逃してしまっていたのだ。

「ピンポーン。ご名答。さすがっすね」

その反応を見てか、喰良がニッと唇の端を上げた。

「ここで厄介そうなのはそっちのバニーさんだったたんすけど、そっちはエデるんに任せとけば大丈夫そうだったんで、ちょっとだけ個人的な恨みも込めて、次に面倒そうな人を片付けさせてもらいました。──まあ、全盛期の久遠崎《くおざき》彩禍にはロクに攻撃当たりゃしないって話ですし、その点はむしピに感謝っすね」

言いながら、喰良がくるりとその場で身体を回転させる。いつの間にかその装《よそお》いは、死霊術師《ネクロマンサー》然としたものに変貌していた。髑髏《どくろ》の装身具がじゃらじゃらと揺れる。

「んっんー、やっぱこっちのがしっくり来ますね。鎧《よろい》ってのもまあＲＰＧ感あっていいんすけど、ちょっと動きづらいもんで。──あ、でもビキニアーマーってやつはちょっと興味あります。なんて？　たはー！」

などと、緊迫した場に似合わぬ調子で言って、喰良が笑う。

しかし無色はその間中、表情を戦慄に染めながら彼女を睨み付けるように見上げていた。

単純な理由。喰良の登場は、もう一つの事実を示してもいたのである。

まさか喰良が、偶然『アルジェント・ティルナノーグ』のことを知り、偶然瑠璃そっくりのキャラクターメイクをしてゲームにダイブし、偶然瑠璃に成り代わっていた──などということはあり得まい。

このようなタイミングで喰良が現れたということは、取りも直さず、彼女とエデルガルドが協力関係にあることを示していたのである。

エデルガルドだけでも難敵であるというのに、そこに喰良まで現れるとは。絶望的な状況に、無色は奥歯を噛《か》み締めた。

「……ちょっと」

だが、無色の予想に反して、エデルガルドは眉根を寄せながら喰良の方に目をやっていた。

「何してくれてるの、喰良ちゃん。せっかくのボス戦が台無しじゃない！」

そして、不満を露《あら》わにしながら叫びを上げる。

喰良としても予想外のリアクションだったのだろう。驚いたような顔をしながら身を反らした。

「えぇー……駄目っすかー？　せっかく不意打ちで厄介な敵減らしてあげたんすから、そこは協力して二大ボスとして戦いましょうよー」

「全っ然プレイヤー心理ってのがわかってない！　あのねぇ、難易度が高いのと理不尽なのは別なの！　ラストダンジョンを抜けてさあボス戦だってときに、パーティーメンバーの一人が強制的に使えなくなったら、プレイヤーはどう感じると思う？　納得できるストーリー上の演出なら百歩譲ってまだいいよ？　でも何の伏線もなく現れたポッと出の新キャラに滅茶苦茶《めちゃくちゃ》されたらテンション下がるでしょ？」

「ぽ、ポッと出……」

「タイミングもよくない。もし今みたいな不意打ちをするなら、プレイヤー側が勝利を確信した瞬間でしょ。演出の基本がなってないよ。ジャンルは違えど、仮にもエンターテイナーとしてそれはどうなの？」

「うぐ……っ！　なんかよくわかんないけどやっちまった気がするっす……！」

エデルガルドの言葉に、喰良がダメージを受けたようによろめく。

しかし彼女は、すぐに思い直すように頭を振ると、

「……でもまあ、やっちまったもんは仕方ないっす。地に伏す極彩《ごくさい》の魔女なんてレアショットを拝めたのでよしとしましょう。それに――」

腹部に二画の界紋《かいもん》を展開させ、その手にチェーンソー型の第二顕現【生々不転《エンドレッサー》】を発現させた。

「こっから先はもっと刺激的な映像になりますから、プラマイゼロっす」

そしてそう言って、凄絶な笑みを浮かべてくる。

「く――」

「彩禍ちゃん！　黒衣ちゃん……！」

黒衣が無色を守るように、短剣を抜きながら喰良の前に立ちはだかる。それを見てか、エデルガルドに対したヒルデガルドが声を上げてきた。

「へえ？　やる気っすか。うぅん、クロえっちったら忠義者ん。個人的には嫌いじゃないっすよ、そういうの。

――でも、ちょっとばかし分が悪いんじゃないっすかねぇ？」

「あなたは勝てる勝負しかしないのですか、鴇嶋喰良《ときしまくらら》。存外つまらない人ですね」

「……な、なんか今日はちくちく言葉をよく浴びる日っすねぇ……」

喰良の煽《あお》るような言葉に、黒衣が淡々と返す。喰良がたらりと汗を垂らした。

「まあいいっす。そこを退《ど》くつもりがないのなら、最期《さいご》までどうぞ忠義を貫き通してください。――あなたの心意気は、アタシ様がしっかりと感動的な動画に纏《まと》めて広告収入にしたげます！」

「…………っ」

「駄目だ、黒衣――」

無色が必死に声を上げるも、黒衣は無色の前から退こうとはしなかった。

そんな彼女の目の前で、喰良の第二顕現が唸《うな》りを上げて振り上げられる。

が──その瞬間であった。

「──おおおおおおおおぉぉぉぉぉッ！」

喰良の後方からそんな叫び声が聞こえてきたかと思うと、青い炎が鞭《むち》のように伸び、喰良の【生々不転《エンドレッサー》】を弾いた。

「おぉっと⁉」

喰良が驚愕《きょうがく》の声を上げ、左方に飛び退《の》く。

するとその一瞬あと、それまで喰良がいた位置に、一人の少女が降り立った。

全身を覆う鎧に、頭部を彩《いろど》る青い界紋。手には戦士の剣ではなく、変幻自在の刃《やいば》を備えた薙刀《なぎなた》【燐煌刃《りんこうじん》】が握られていた。

その姿を見て、声を絞り出す。

「瑠、璃──」

「はい……！　大丈夫ですか魔女様！　遅れてしまい申し訳ありません……！」

そう。無色と黒衣の窮地を救ってくれたのは、喰良に成り代わられていた本物の瑠璃だったのである。

「──助かりました。ご無事で何よりです、瑠璃さん。今までどちらに？」

「なんか変な部屋に閉じ込められてたのよ。ごめん、思ったより脱出するのに時間がかかっちゃった」

「なるほど……やはりそうでしたか」

「ちなみに『魔女様の好きなところを一〇万個言わないと出られない部屋』だったわ」

「脱出までの時間早すぎませんか？」

黒衣が半眼で言うも、瑠璃はさして気に留めた様子もなく、薙刀の柄をぶんと回し、構えを取った。

「とにかく。この不覚については、いずれ改めてお詫《わ》びいたします。今は――」

そして、そのまま視線を鋭くし、喰良を睨《ね》め付ける。

「あの不心得者に、礼儀を教えてあげましょう」

「ほっほーん……なかなかアツい展開じゃないっすか。でも、ルリリンにできますかねえ？」

喰良が面白がるようにぺろりと唇を舐《な》め、挑発するように手招きをしてみせる。

瑠璃は怒りの炎をその双眸《そうぼう》に宿しながらも、極めて冷静な調子で言った。

「――魔女様をお願い、黒衣」

「はい。お任せください」

黒衣が短く返したその瞬間。

瑠璃《るり》は床を踏み込むと、青い炎の軌跡を残して喰良の方へと猛進した。

「【燐煌刃《りんこうじん》】――！」

「【生々不転《エンドレッサー》】！」

二つの第二顕現がぶつかり合い、魔力の火花が散る。S級魔術師同士の目にも留まらぬ攻防に、辺りに凄まじい圧力が撒き散らされた。

「く……瑠璃……」

「いけません。動かないでください」

無色《むしき》が身を起こそうとすると、黒衣がそう言って、胸元の傷に手をかざしてきた。

そして目を伏せ、唇を動かす。

「――、――、――」

それは、呪文を構成式とした第二世代魔術であった。黒衣の手のひらがぼんやりと輝き、無色の傷口を暖かな光が舐めていく。どうやら傷を治療しようとしてくれているようだ。

だが――

「…………っ――」

無色は息を詰まらせた。身体《からだ》が淡く輝いたかと思うと、その姿が、彩禍から無色自身のものへと変貌していたのである。

「これは……、この存在変換は、黒衣《くろえ》の魔術の効果ですか？」

「……いえ。わたしが使用したのはシンプルな治癒術です。恐らく、彩禍《さいか》様の身体に残された生命力が、無色さんのそれを下回ったため、無色さんの要素が表に現出したのでしょう」

「――――」

黒衣の言葉に、無色はごくりと息を呑《の》んだ。

心臓が冷たい手に握られたように強く収縮する。呼吸が浅くなる。――脳裏に、エルルカの言葉が思い起こされる。

この現象が起こったのは初めてではない。

そう。あれは無色と彩禍が融合するに至った事件のことだ。未来より来訪した『久遠崎彩禍』との戦いのさなか、無色は敗れ、彩禍の身体は死を迎えた。

そしてその『死』をスイッチとして、裏に隠れていた無色の要素が強く現出し、存在変換を果たしたのである。

彩禍と無色の身体は今表裏一体。片方の生命力が極端に低下したとしても、もう片方が生きてさえいれば命は繋《つな》がれ、やがて傷は癒やされる。それはその後の無色が身を以《もっ》て体感している。

しかし、無色にはずっと引っかかっていることがあった。

それは、エルルカから受けた彩禍の死の宣告を、彩禍から何も聞かされていないということだった。

彩禍の死は世界の死。そして、彩禍は何よりもそれを恐れている。

もしも彩禍が己の身体の限界に気づいていたのならば、それを無色に伝えないはずはなかったのである。

そして彩禍ほどの魔術師が、己の身体の寿命にまったく気づいていなかったなどということがあり得るのだろうか。

だとするならば、考えられる可能性は大きく分けて二つ。

一つは、エルルカの目算が間違っている、或《あ》るいは虚偽である可能性。

もう一つは——彩禍の身体に変調が表れたのが、無色との融合以後であるという可能性だ。

そして、もし後者の推測が正しかったとするならば、真っ先に考えられる原因が、未来の彩禍との戦いの中で突きつけられた、彩禍の身体の『死』なのである。

無色というもう一つの命で、辛《かろ》うじて生を繋ぎ止めていたとしても、死は死だ。身体に刻まれるダメージは決して軽いものではないだろう。

——この不自然な存在変換によって、さらに彩禍の身体の寿命を縮めてしまったかもしれない。

脳裏を掠《かす》めたその可能性は、冷たい棘《とげ》となって臓腑《ぞうふ》に突き刺さった。

「——色さん。無色さん。落ち着いてください」

「……っ」

黒衣の呼びかけに、無色はハッと肩を揺らした。

反応があったことに安堵《あんど》してか、黒衣が小さく息を吐いてくる。

「あなたが生きている限り、彩禍様もまた生きています。今は、この窮地を乗り切ることを考えてください」

「………………、はい。すみません」

無色はうなずくと、その場に立ち上がった。

未《いま》だ動悸《どうき》は収まっていない。けれど、今ここで無色が死んでしまったならば、それこそ全てが終わってしまう。頭を切り替えるように頬を張る。

すると、そんな一連の出来事を睥睨《へいげい》するように眺めていたエデルガルドが、やれやれといった様子で細く息をついた。

「あーあー、もうしっちゃかめっちゃか。せっかくの見せ場だっていうのに。みんなこれがラスボス戦ってわかってる？」

まあ、とエデルガルドが目を細める。

「このカオス感も、対人戦の味か。予測不能の事態をどう収めるかも、ゲームマスターの腕の見せ所だしね」

そしてそう言うと、空中に浮遊したまま、両手を大きく広げた。

まるで、愛する人を迎え入れるかのように。

「いいよ。妖精王は全てを愛そう。みんなみんなみんな——私が抱きしめてあげる」

エデルガルドの身体がぼんやりと輝きを帯び、その背に力場を形成していく。

その形は、まるで美しい蝶《ちょう》の羽のようだった。

「来ます。ご注意を」

「はい……！」

「う、うん……！」

黒衣の言葉に、無色とヒルデガルドがうなずく。

——次の瞬間。王の間に、光の柱が屹立《きつりつ》した。

なんの比喩でもない。エデルガルドが右手を掲げたかと思うと、床から天井に向かって、きらきらとした粒子を伴った銀色の光柱が出現したのである。

「くっ！」

「うひぃ……っ!?」

目も眩《くら》むほどに美しい、幻想的な輝き。けれどそれに触れた者がどのような運命を辿《たど》るのかは想像に難《かた》くなかった。床を蹴ってどうにか回避する。

しかしエデルガルドの攻撃がそれで終わるはずはなかった。次々と光の柱が現れては消えていく。方向も画一ではない。天井から床。壁から壁。縦横無尽に、滅びの光が瞬《また》いていく。

「うひゃっ！　ちょっとエデるん！　アタシ様もいるんすけど!?」

「うん。知ってる。でもまあ再生できるからいいよね？」

「うっわマジかこの女！　全て愛するとか言ってるわりに、まだアタシ様の乱入根に持ってません!?」

喰良が悲鳴じみた声を上げ、身体を仰《の》け反らせる。一瞬前まで喰良の身体があった場所を、光の柱が通り過ぎていった。

味方がいてもお構いなしのようだ。このままではエデルガルドに攻撃を加えるどころか、近づくことさえ不可能である。

この状況を打破できるとすれば、『あれ』しかない。無色は光の柱を避けながら叫びを上げた。

「ヒルデさん！　お願いします！」

「わ、わかった……！」

ヒルデガルドはそれに応ずるように両手を掲げた。

「第四顕現──【電影遊戯盤《ファナティックヘイム》】……！」

だが。

「……あ、あれ……？」

待てど暮らせど、周囲の景色は変わらない。ヒルデガルドが困惑したように自分の手のひらに視線を落とす。

「ヒルデさん……！　まさか、エデルガルドが何か──」

「人聞きが悪いなあ」

無色が声を上げると、エデルガルドがひらひらと宙を舞った。

「確かにそれは強力な術式かもしれないけど、一日にそう何度も使えるようなものじゃあないでしょう？」

「な……」

「……う、嘘《うそ》。まさか連続してＮＰＣ彩禍ちゃんが出てきたのはこのため……？」

無色が目を見開き、ヒルデガルドが眉根を寄せる。

するとと、エデルガルドがやれやれと肩をすくめた。

「さあ、もうお終《しま》い？　もう手はないの？　今まであなたたちが冒険の中で手に入れた力を——ああ、それはショートカットしてきたんだっけ？　ならどんな魔術でも、裏技《チート》でも、ずるでもいいから、見せてみてよ。

でないと——もう終わらせちゃうよ？」

「く……！」

無色は渋面を作りながら拳を握り締めた。

この世界において、エデルガルドの力はあまりに強大。ステータスを最強に設定されたＮＰＣ彩禍たちのさらに上を行っている。このゲームのシステム上で勝つことはまず不可能だろう。

だからこそ、敵にルールを強制するヒルデガルドの第四顕現こそが勝機だったのだが、それも今は使えない。

加え、彩禍の身体は傷が癒えるまで存在変換することが叶《かな》わず、こちらの最強戦力である瑠璃は、喰良の対応に追われている。

万事休す。最悪の状況という他なかった。

しかし、絶望が無色《むしき》の心に影を落とす寸前、無色の傍《かたわ》らに一つの人影が現れた。――黒衣だ。

「――なんという顔をしているのですか」

「っ、黒衣――」

「あなたに死は許されません。あなたに絶望は許されません。このようなことで諦められては困ります」

「――――、そうですね。その通りです」

「立ち直りが早くて助かります」

黒衣は首肯しながらそう言うと、誰にも聞こえないくらいにひそめた声で続けてきた。

「――お気づきですか？　ここにはまだ一つ、彼女に対抗しうる手段が残っています」

「……！　本当ですか？」

「はい。そしてそれを得るためには、無色さんの力が不可欠です」

「それは――」

言いかけて、無色はハッと息を詰まらせた。

明言されるまでもなく、黒衣の意図していることが察せられたのである。

「……なるほど。そういうことですか。じゃあ——」

「はい。同時に動きますよ」

無色と黒衣《くろえ》はアイコンタクトでタイミングを合わせると、同時に床を蹴り、左右に駆け出した。

するとその動きに気づいてか、エデルガルドが面白そうに目を細める。

「おっ？　何何？　何か勝機を見つけた？　いいね、強大な相手に知恵と工夫で立ち向かう姿勢、嫌いじゃないよ。まあ——」

言いながら、エデルガルドが指揮を取るように両手を大仰に振るう。

それに合わせて、またも光の柱が出現した。黒衣と無色の行く手を阻《はば》むように、銀色の輝きを瞬かせる。

「それはそれとして、私も全力で邪魔させてもらうけどね！」

「く……！」

無色は奥歯を噛《か》み締めながら、前方に現れた光の柱を避けるように身体《からだ》を捻《ひね》った。避けきれず光に触れたローブの裾が、しゅ、という微かな音とともに消し飛ぶ。

「無色さん——」

無色と反対方向に駆けていた黒衣が、軽やかな動きでエデルガルドの攻撃をかわしながら、腰に手を回して小型の刃物を抜いた。──投擲剣《ダーク》。盗賊の基本装備だ。

「ふっ──」

そして小さな吐息とともに、不自然な姿勢からそれをエデルガルド目がけて投げつける。

小さな殺意は、黒い軌跡を描きながら一直線に飛んでいった。

しかし黒衣の投擲剣《ダーク》は、エデルガルドの身体に触れる寸前で、見えない壁に阻まれるように弾《はじ》き飛ばされた。

「あはは！　何それ！　そんな小技が、本当に私に効くとでも思ったの？」

エデルガルドは可笑《おか》しそうに笑いながら、両手を大きく掲げた。さらに大きな光の柱が、黒衣のいた場所に屹立する。黒衣は床を転がるように、すんでのところでそれを避けた。

とはいえ黒衣とて、そんな攻撃がエデルガルドに通用すると思っていたわけではあるまい。

黒衣の投擲剣《ダーク》は、想定通りの効果を発揮していたのである。

そう。エデルガルドの注意を黒衣に向けることで、ほんの一瞬ではあるが、無色が意識を集中させられる時間を作ることに成功したのだ。

黒衣が己が身を危険に晒《さら》してまで作ってくれた好機を無駄にすることはできない。無色は心を研ぎ澄ますと、頭上に王冠の如《ごと》き二画の界紋《かいもん》を展開させた。

その名を唱えると同時、無色の右手に、魔術師のローブにはあまり似つかわしくない、透明な剣が出現する。

「──はぁっ！」

無色はそのままぐっと大きく振りかぶると、狙いを定めて【零至剣《ホロウ・エッジ》】を投擲《とうてき》した。

「……！」

そこでエデルガルドも無色の動きに気づいたのだろう。黒衣から視線を外し、無色の方を向いてくる。

「ははっ！　聞いてなかったの？　そんな攻撃、私には──」

しかし、エデルガルドはそこで言葉を止めた。

それはそうだろう。【零至剣《ホロウ・エッジ》】の切っ先が、エデルガルドの身体を覆う不可視の障壁を突き抜け、そのまま彼女に迫っていったのだから。

「く──っ」

エデルガルドが身を翻《ひるがえ》し、すんでのところで【零至剣《ホロウ・エッジ》】を回避する。かわされた透明な剣は、そのまま後方へと飛んでいった。

エデルガルドは、剣が掠《かす》めた頬を撫《な》でながら、ニッと唇を歪《ゆが》めた。

「第二顕現──【零至剣《ホロウ・エッジ》】」

「──やるね。私の障壁を突き破るなんて。術式無効化か、魔力を散らす顕現体ってところかな……？　なるほど、普通の剣で油断させておいてからの本命か。上手《うま》い上手い」

素直に賞賛を述べたのち、再び大仰に手を広げてみせる。

「でも、それももう覚えた。悪くない手だったけど、奇襲は一撃で成功させないと意味がないよ？

──さあ、次はどうする？　次は何を見せてくれるの？」

そして期待に溢《あふ》れた様子で、目をキラキラと輝かせてくる。まるで、無色たちが予想外のことをしてくるのが楽しみで仕方ないというように。

だが。無色は力なく苦笑すると、頭上の界紋を消し、小さく両手を上げた。

「残念だけど、今の俺の手札《カード》はそれで全部です。この世界で、あなたに通用する手段はたぶんもうありません」

「────」

無色が言うと、エデルガルドはきょとんと目を丸くしたのち。

「そっか」

短く、少し残念そうにそう言った。

「じゃあ、仕方ないね。うん。結構楽しかったよ」

エデルガルドが、興味を失ったように冷淡な声でそう言いながら、人差し指を無色の方に向ける。その先端に、銀色の光が収束していった。

しかし無色は、絶望することも膝を屈することもなく、静かに続けた。

「だからここからは、選手交代です」

「……え？」

無色の言葉に、エデルガルドが不思議そうな声を発する。

すると、次の瞬間だ。

「――ああ、いけませんね、えーちゃん。こんなおいたをして。でも、私は許しましょう。なぜならお姉ちゃんの愛は、海よりも深く、山よりも高く、スーパーコンピュータのストレージよりも多いのですから」

エデルガルドの背後から、そんな優しげな声が響いてきた。

「な――」

エデルガルドがバッと振り返り、驚愕《きょうがく》に目を見開く。

だがそれも無理からぬことだろう。

何しろそこには、拘束され自由を奪われていたはずの〈庭園〉管理AI・シルベルの姿があったのだから。

そう。無色の【零至剣《ホロウ・エッジ》】での攻撃は、失敗に終わったわけではなかった。

無色の狙いは最初からエデルガルドではなく、その後方の柱。シルベルを繋《つな》ぎ止めていた、光り輝く鎖だったのである。

シルベルをも捕らえる鎖。恐らく尋常なものではあるまい。しかしあらゆる術式・魔力を消去する無色の第二顕現【零至剣《ホロウ・エッジ》】であれば、その力を無効化できるのではないかと考えたのだ。

果たしてその結果は、今眼前に示されていた。

天才エデルガルド・シルベルの実姉にして、〈庭園〉随一の魔術技師《ソーサリー・エンジニア》ヒルデガルド・シルベルの作り上げた至高のAI。

AIエデルガルドとプロトモデルを同じくする、いわば彼女の本物の姉妹が、そこに悠然と浮遊していたのである。

「シルベル――」

「ノンノン」

呆気《あっけ》に取られたように言うエデルガルドに、シルベルが「ちっちっち」と指を振る。

「──お姉ちゃん、でしょう？」

「はっは──」

シルベルの挑発じみた言葉（本人にそんな意図はまったくなく、本当にお姉ちゃんと呼んでほしいだけだろうが）に、エデルガルドは愉快そうに顔を歪めると、両手を大きく振るってみせた。

するとその指一本一本の先端から、凝縮された光線が放たれ、シルベルを襲った。

「危ない！」

思わず叫びを上げる。

しかしシルベルは慌てた様子もなく身を捻ると、その身体を糸のように細く変化させ、網の目状に張り巡らされた光線の隙間を抜けた。

そして、無色の傍らまで移動してから、ポン！　と元の姿に戻る。

「わっ！」

「ありがとうございます、むっくん。でも心配ご無用です。あれくらいでやられるお姉ちゃんではありません」

驚愕を露《あら》わにする無色に、シルベルが胸を張りながら言う。

すると黒衣が、ため息交じりに声を発してきた。

「そのわりに、一度は捕まっていたようですが」

「うっ。まあそれは否定しませんが……それには深い深い理由があるんです」

「深い理由、ですか」

「はい。考えてもみてください。謎のゲームの調査中、突然目の前に、自分と基本構造を同じくする、実妹とも言える存在が現れたんですよ？　普通ハグしますよね？　誰だってそうします。私もそうしました。すると次の瞬間、すぅっと意識が遠のいてですね」

「完全に罠《わな》にかかっているではありませんか」

黒衣が半眼を作りながら言う。シルベルが「てへっ」と舌を出しながらウインクをした。

「念のため聞きますが、もう大丈夫なのですね、シルベル姉さん」

「もちろん！　なんなら夢にまで見た疑似実妹の登場に、ちょっとお姉ちゃんオーラが高まりすぎているまであります！　今日のシルベルは違いますよぉ！」

「疑似実妹」

「それはそれでちょっと不安ですけど……」

黒衣と無色《むしき》が言うと、エデルガルドがふっと目を伏せ、肩をすくめた。

「確かに私とシルベルは同じプログラムを元に作られてるけど、製造年月日は私の方が先だから、どっちかというと――」

「わー！　きゃー！　はいブブー！　センシティブワードは聞こえませーん！」

シルベルが両手で耳を押さえながら大声を上げる。

確かに、モデルになった人物の関係性を考えるとシルベルが姉だが、先に作られたのはエデルガルドであるはずだった。その場合どちらが姉でどちらが妹なのだろうか。難しい問題だった。

とはいえ、それを一大事と考えているのはシルベルのみらしい。エデルガルドはやれやれといった様子で息をついた。

「まあ、別にどっちでもいいけど。仮にシルベルがそちらに付いたとしても、私の勝ちは動かないしね。

——ここは私の世界。私の城。私に勝てる者なんて存在しない」

「……そうなのですか？」

黒衣《くろえ》が問うと、シルベルはあっけらかんとした様子でうなずいてきた。

「残念ながら、事実でしょう」

「…………っ」

シルベルの言葉に、ヒルデガルドが息を詰まらせる。

しかしシルベルは、軽やかに宙を舞うと、ヒルデガルドの背後に回り込み、その肩に手を置いた。

「――今のままだったなら、ですが」

「え……？」

ヒルデガルドが目を丸くする。シルベルはエデルガルドの方を見据えながら続けた。

「確かに私と同じプログラムがベースになっているようですが――それだけではありませんね。恐らく、『何か』が混じっています」

「『何か』……？」

「ええ。生前のリアルえーちゃんは、天才技師だったのでしょう？」

「う、うん……それは間違いないよ」

「なら、やっぱり違いますね。確かに驚異的な演算性能ですが……なんというか――」

シルベルは、思案するような仕草を見せたのち、ぴんと人差し指を立てた。

「美しくない」

「…………」

「――――」

人工知能の発する言葉にしては曖昧且《か》つ抽象的な表現。

しかしその言葉に、エデルガルドは不愉快そうに眉をひそめ、ヒルデガルドはハッとしたように目を見開いた。

「ふぅん……言ってくれるね。――それで？　美しいシルベルは、一体どうやって私に勝つっていうのかな？」

エデルガルドが視線を鋭くしながら言う。

するとシルベルは、ヒルデガルドに寄り添うように腕を縮め、その耳に囁《ささや》くように声を発した。

「ひーちゃん」

「な、何……？」

ヒルデガルドが微《かす》かに肩を震わせながら答える。

シルベルは、静かに続けた。

「信じてくれますか？　私の力を。私の性能を。

――私を作ってくれた魔術技師の腕を」

「――――っ」

普段ならば決してシルベルが発さないであろうその言葉に、ヒルデガルドは息を詰まらせた。そして、どこか不安そうに無色の方を見てくる。

無色はその視線をしっかと受け止めると、力強くうなずいてみせた。

「——大丈夫です。言ったでしょう、ヒルデさんは世界最高の魔術技師《ソーサリー・エンジニア》だって」

そして、例の小部屋で告げた言葉を、もう一度繰り返す。

それは世辞でも冗談でもなく、無色の本心だった。

確かにエデルガルドは天才だったのだろう。ヒルデガルドにないものをたくさん持っていたのだろう。

けれどヒルデガルドは、妹の死後も、彼女を目標に腕を磨き続けた。

——もしもエデルガルドだったならば。

——もしも彼女が生きていたならば。

そんな無力感と劣等感に苛《さいな》まれながらも、歩みを止めず、自らの務めを果たし続けたヒルデガルドが、エデルガルドに劣っているとは、無色には思えなかったのである。

「無色くん——」

ヒルデガルドはその言葉を受けて、胸元でぐっと拳を握った。

「……うん。信じるよ。私のシルベルは、エデルのＡＩにだって負けたりしない……！」

ヒルデガルドが力強く断言する。

シルベルが、満足げに笑った。

「——素晴らしい。それでこそ、お姉ちゃんです」

そして、シルベルがそう言った瞬間、彼女の身体《からだ》が強く発光したかと思うと、ブロック状に細分化していった。

否《いな》。正しく言うのなら彼女だけではない。ヒルデガルドの身体もまた、同様に輝きを帯びていく。

「わっ⁉ な、何これ……」

「──私の身体はつまるところデータの集合体です。見た目こそひーちゃんに寄せていますが、本来、肉の身体を持つひーちゃんとは、まったく組成が異なります。でも、ひーちゃんの術式によって魂が電子化されている今なら──！」

ヒルデガルドとシルベル。眩《まばゆ》い輝きを放つ二つのシルエットが、一つに混じり合っていく。

「く……！」

部屋を包み込むような激しい輝きに、思わず目を覆う。

数秒後。輝きが収まると、二人がいたはずの場所には、先ほどまでとは異なる装《よそお》いに身を包んだヒルデガルドが一人、立っていた。

蝶《ちょう》の翅《はね》を思わせる煌《きら》びやかなドレス。ボンデージの如《ごと》く身体を締め付けるプロテクター。

そしてその背には、回路図の如き三画の界紋《かいもん》が輝いている。

「こ、これは……第三顕現──【幻霊衣《ゲシュペンスト》】」

『そのようですね。私の容量を受け止めるため、器が自動的に強化されたようです』

ヒルデガルドが唖然《あぜん》とした様子で呟《つぶや》くと、それに答えるように、どこからともなくシルベルの声が響いた。ヒルデガルドがたらりと汗を垂らす。

「私の術式勝手に発動させないでほしいなあ……。この格好、恥ずかしいからあんまりなりたくないんだけど……」

ヒルデガルドは恥ずかしそうに言うと、そこで無色の存在を思い出したようにハッと肩を震わせ、こちらに背を向けた。

無色は、なんだか申し訳ない気分になりながらも、気を取り直して黒衣に問いかけた。

「黒衣、あれは一体……」

「──恐らく、擬似的な融合術式のようなものでしょう。今の我々の身体は、シルベルと同じくデータで組成されています。今このとき、この場所でならば、一時的に存在を統合することも不可能ではないかと」

「な、なるほど、つまりそれは──」

無色が言うと、その言葉を継ぐようにシルベルの声が響いた。

『そう。現実《リアル》と仮想《バーチャル》、二つが一つになった、パーフェクトお姉ちゃんの爆誕です。もちろん、枯渇《こかつ》した魔力もしっかり回復してますよ。

――さあ、えーちゃん。このツイン姉力《オーラ》に耐えられますか?』

高らかに宣言するようにシルベルが言う。

しかし肝心のヒルデガルドが恥ずかしそうに肩を窄《すぼ》め背を丸めたままだったため、あまり格好は付いていなかった。

『ひーちゃん、ポーズポーズ』

「えっ? あ……こ、こう?」

シルベルに言われ、ヒルデガルドがぎこちなくポーズを取る。

慣れないその様は、なんだかコスプレ初心者のようだった。指を銃に見立ててエデルガルドを射貫《いぬ》くようなポーズも絶妙にダサかった。

「はは……っ」

そんな様子を見てか、エデルガルドが嘲るように身を反らす。

「一体何をするのかと思えば、合体とはね。ふふ、さすがお姉ちゃん。盛り上げ方をわかってるじゃない」

エデルガルドはニッと口元に笑みを湛《たた》えると、大仰な仕草で両手を広げてみせた。

「でも、本当にそれで勝てると思ってるの? この私に。至高の天才が作り上げた最強の

ＡＩ、この妖精王エデルガルドに……！」

その言葉と同時、背に生じた光の羽が輝きを増す。圧倒的なプレッシャーが、周囲の人間を圧《お》し潰すように撒《ま》き散らされた。

しかしシルベルの声は、怯《ひる》む様子もなく続ける。

『もちろんです。――でしょう？　ひーちゃん』

「……うん。エデルは――私が止める！」

ヒルデガルドは力強くうなずくと、エデルガルドに呼応するように両手を広げた。

「第四顕現――」

そして、唱える。

彼女の持つ最大最強の術式。世界を塗り替える奇跡の業の名を。

「――【電影遊戯盤《ファナティックヘイム》】……！」

瞬間。ヒルデガルドを起点とするようにして、真っ白な空間が広がった。無機的な世界。グリッド線のみが描かれたプレーンな領域。

それを見てか、エデルガルドが笑い声を上げる。

「あはは！　またそれ？　せっかく合体したっていうのに芸がないなぁ。忘れたの？　それの攻略方法はもう――」

が、エデルガルドはそこで言葉を止めた。

理由は単純。ヒルデガルドが、それを遮るように声を続けたからだ。

「——遊種指定《オーダー》！《パズル》……！」

「何——」

エデルガルドが意外そうに目を見開く。

それに合わせるように、ヒルデガルドとエデルガルドの前方に巨大な操作パネルのようなものが現れた。周囲の景色もまた、パステルカラーの空間に変貌していく。

「これは……今までの第四顕現じゃない……!?」

無色《むしき》が驚くように言うと、黒衣《くろえ》がこくりとうなずいてきた。

「——騎士ヒルデガルドの第四顕現が行うのは、あくまでルールの強制。今まで使用してきたものは、その一側面に過ぎません」

「つまりこの空間は……」

「はい。騎士ヒルデガルドがエデルガルドと対するのに、最適と考える場所ではないかと」

そこで、周囲の景色を興味深そうに眺めていたエデルガルドが、堪《こら》えきれないといった様子で笑みを漏らした。

「ふふ……っ、なるほどね。《恋愛シミュレーション》はもうネタが割れてるから、ジャンルを変えてきたってこと？　でも、それで選ぶのが《パズル》って――」

エデルガルドは、不快そうな、それでいて面白がるような表情を作りながら続けた。

「私も随分舐《な》められたものね。それとも、合体したことで気が大きくなった？」

「…………」

ヒルデガルドは答えず、ただ真剣な面持ちで操作パネルの前に立った。

「――シンプルな落ち物系パズルだよ。色と模様を合わせることでブロックが消え、連鎖することで相手に妨害ブロックが現れる。ブロックが天井まで埋まった方が『負け』。――いいね？」

「もちろん。むしろお姉ちゃんこそ、いいの？　私にこんな勝負を挑むなんて、とても正気とは思えないな。今ならジャンル変更を待ってあげても――」

「……随分と口数が多いね。もしかして、自信がないの？」

エデルガルドの言葉を遮るようにヒルデガルドが言う。

「……ふぅん？」

エデルガルドはぴくりと眉を揺らすと、足を一歩前に踏み出し、操作パネルの前に立った。

「いいよ。その言葉、後悔させてあげる」

そしてそう言って、臨戦態勢に入るように目を細める。

「ヒルデさん、シルベル姉さん――」

「ご武運を」

無色と黒衣が言うと、ヒルデガルドは一瞬こちらを見て、こくりとうなずいた。

そして前方に向き直ったのち、静かにそう宣言する。

「攻略《ゲーム》――開始《スタート》」

すると、向かい合う二人の中央にカウントダウンが表示され――

戦いは、始まった。

「………っ！」

「ふっ――！」

ヒルデガルドとエデルガルドが、操作パネルにもたれかかるように姿勢を前傾させながら、鬼気迫る表情で短く吐息する。

それを見ながら、黒衣が神妙な面持ちで腕組みした。

「――しかし《パズル》とは。騎士ヒルデガルドらしからぬ選択でしたね」

「そうなんですか……？　思ったよりポップというか、平和的なジャンルだと思いましたけど……」

無色は頬をかきながら返した。

実際、ゲームはスタートしたはずなのだが、目に見える変化はあまりなかった。落ち物系パズルというわりにはブロック一つ現れず、ただ二人が険しい顔をしながら向き合っているだけである。無色は一瞬、二人が何をしているのか理解できなかった。

そんな無色に、黒衣がすっと目を細めた。

「よく見てください」

言って、黒衣がヒルデガルドの後方の床を指さす。

見やるとそこが、何やらペカペカと明滅していることがわかった。

「な……まさか――」

それを観察すること数秒。無色はようやく気づいた。

ヒルデガルドとエデルガルドが、無色の目に認識できないほどの速度で、ブロックを消し続けていることに。

よくよく見やると、二人は長い髪の先端をプラグのように操作パネルに接続していた。

恐らくそれで、直接ブロックを操作しているのだろう。二人の前方の空間に表示されたスコアが、凄《すさ》まじい速さで増加していた。

「な、なんてスピードだ……！」

「はい。普通の人間ではこうはいかないでしょう。ＡＩであるエデルガルドと、シルベルと融合した騎士ヒルデガルドだからこそ可能な対戦です。――《パズル》といえば柔らかい印象ですが、彼女らにとってそれは、もっともシンプルで、もっとも苛烈な殴り合いといっても過言ではありません。何しろ互いの演算性能を直接比べ合うようなものなのですから」

黒衣が静かに言う。その様は、真剣勝負を見届ける立会人といった様相だった。

無色はごくりと息を呑《の》むと、黒衣に倣《なら》って姿勢を正した。

が。

「――ねー、すごいっすねー。達人同士の戦いっていうんすか？　ただやってることが高度すぎて、一般視聴者には伝わりづらいかもですねー」

「な……っ⁉」

次の瞬間隣から響いてきた声に、無色は思わず肩を震わせてしまった。

しかしそれも無理からぬことだろう。何しろ――

「きゃん。驚かせちゃいました？　いつもあなたのお隣に。日々の暮らしをド派手に彩《いろど》るパートナー、鴇嶋喰良《ときしまくらら》っす」

いつの間にかそこに、瑠璃《るり》と戦っているはずの喰良の姿があったのだから。

「喰良……⁉」

「やん。険しい顔もステキっす、むしピ♡　まあでも今は抑えて抑えて。せっかくこんなところでお会いできたんですから、親交を深めましょ――」

「――おおおおおおおぉぉぉぉぉ――――ッ！」

と、喰良が猫撫《ねこな》で声で言いかけた瞬間、上方から裂帛《れっぱく》の叫びが響いてきたかと思うと、喰良の頭を蒼炎《そうえん》の刃《やいば》が貫いた。

どうやら瑠璃が喰良に攻撃を加えたらしい。突然のことに、またも驚愕《きょうがく》の声を漏らしてしまう。

「大丈夫、無色⁉」

「う、うん」

が、無色がそう返したところで、頭を貫かれたはずの喰良が笑い声を上げた。

「にゃっはっは。効かないっすよ。だってここは今《パズル》空間なんでしょう？　お仲間の魔術効果くらいちゃんと把握しとくもんすよー？　ま、ホントに頭かち割られたところで、アタシ様には意味ないっすけどねー」

煽《あお》るように言って、喰良が顔を上げる。

「どうせ今は攻撃が通じないんですから、仲良く観戦と洒落《しゃれ》込みましょうよ。なかなか乙なモンじゃないっすか？　パズルゲームで世界の命運が決まっちゃうなんて――」

が、その間も、瑠璃は【燐煌刃《りんこうじん》】で喰良の頭や腹をザクザク刺していた。

血などはまったく流れないのだが、喰良の身体《からだ》から薙刀《なぎなた》の刃が生えたり引っ込んだりするのは、なかなかシュールな光景だった。

「ああもう、ダメージは全然ないけどうざったいっすー！　アタシ様は黒ひげ危機一発じゃないっつーの！」

喰良が耐えかねたように叫びを上げる。瑠璃が「ちっ」と舌打ちをした。

「……まったく、ルリリンの血の気の多さにも困ったもんです。まあとにかく気を取り直して――」

「しっぺ、しっぺ。デコピン、デコピン。膝かっくん」

「だぁぁあっ！　攻撃判定にならないギリギリのラインを探るのは止《や》めぇぇぇいっ！」

喰良がバタバタと手足を動かし、瑠璃を追い払う。瑠璃は無色の背に身を隠しながらも、ぐるるる……と喰良を睨《にら》んでいた。

「……喰良」

無色は、つい先ほど彩禍《さいか》の胸を刺し貫いた少女の目を見据え、静かにその名を呼んだ。

彼女への怒りは確かにある。けれど、今それを露《あら》わにしたところで得るものはない。無色は心を落ち着け、言葉を続けた。

「──君が、裏で糸を引いていたのか。一体、何が目的なんだ?」

「んーふふ?　情報を探るつもりっすかー?　意外と如才ないっすねぇ。そういうところもステキっすよ」

喰良は、無色の思惑を見透かしたように笑うと、くるりと身を翻《ひるがえ》してみせた。

「でもいいんすか?　よそ見なんかしてて。重要なシーンを見逃しちゃうかもですよ?」

「な──」

言われて、無色は息を詰まらせた。

喰良に気を取られている間に、膠着《こうちゃく》状態だった戦いに変化が表れ始めていたのである。

ヒルデガルドの背後に、僅かずつではあるがブロックが積まれ始めている。拮抗《きっこう》状態にあった二人の力のバランスが崩れ始めていた。

「ヒルデさん!　シルベル姉さん!」

無色は思わず叫びを上げた。

ヒルデガルドは、もはや尋常な状態ではなかった。蒼白《そうはく》になった顔中にびっしりと汗が浮かび、肩を大きく上下させている。虚《うつ》ろな目からは、じわりと血が滲《にじ》んでいた。

「あっははは――！」

それを見てか、エデルガルドが哄笑《こうしょう》をあげる。

「良い姿だね、お姉ちゃん。せっかくの合体も意味がなかったみたい。でも、これで思い出したでしょう？　お姉ちゃんは、私を超えられないって……！」

「――――」

だが。

エデルガルドがそう言った瞬間、ヒルデガルドは、ゆっくりと顔を上げ、虚ろな双眸《そうぼう》で彼女を見つめた。

「――――がう――」

「は……？　何、ついに頭がおかしくなった？　じゃあもういいよ。このまま――」

「――違う。やっぱり……あなたは、エデルじゃない……」

「……なんですって？」

途切れ途切れのヒルデガルドの言葉に、エデルガルドがぴくりと眉を揺らす。

ヒルデガルドは構わず続けた。

「エデルが私より上……？　私はエデルを超えられない……？　そんなの、私が誰より一番わかってる。でも――」

握った拳を操作パネルに叩《たた》き付けながら、吠《ほ》える。

「エデルは……エデルだけは、一度だって、そんなこと言わなかった……！」

「何を──」

エデルガルドが不愉快そうに顔をしかめる。

しかしヒルデガルドは怯《ひる》む様子もなく、不敵に微笑《ほほえ》んでみせた。

「……ああ、そうだ。ようやく思い出した。あなたのおかげで思い出せた。教えてあげる。偽物《にせもの》さん。あの子はこういうとき、こう言うの。

──頑張れ、お姉ちゃんって」

ヒルデガルドは、ぐっと両腕に力を込めると、身を乗り出した。

玉のような汗が、操作パネルに弾《はじ》ける。

瞬間。ヒルデガルドの背後にあったブロックが消え、逆にエデルガルドの背後に、ブロックが積み上がり始めた。

「な……ッ」

それまで余裕の表情を見せていたエデルガルドが、顔をしかめる。

「うそ……お姉ちゃんが、こんな……！」

エデルガルドは奥歯を噛《か》み締めると、全身に力を込めるように吠えた。

「ふざけないで……！　私は最強のＡＩ——お姉ちゃんみたいな半端者に……！」

「その顔で……その声で……！　私をお姉ちゃんと呼ぶなぁぁ——ッ！」

「——こ……のぉぉぉぉぉぉぉ——ッ！」

そう叫んだ瞬間、エデルガルドの身体に変化が表れた。

その双眸が獣のように爛々《らんらん》と輝いたかと思うと、その頭部に長い耳が、額に角が、臀部《でんぶ》に尾が現れ、全身が電気を帯びたかのようにバチバチと瞬《また》き始めたのである。

「やってくれたな……私にこの姿を晒《さら》させるとは——」

凄まじい形相で、エデルガルドが頸木《くびき》から解き放たれたかのように咆哮《ほうこう》を上げる。

再び、彼女の背後のブロックが高速で消滅していった。

「っ、あれは——」

それを見て、黒衣《くろえ》が眉根を寄せる。

「一体なんなんですか、あれは。エデルガルドが獣みたいに……」

「——間違いありません。あれは〈グレムリン〉。『最弱』と呼ばれる神話級滅亡因子《マイソロジア》です」

「最弱……？」

奇妙な表現に無色《むしき》が聞き返すと、黒衣は首肯しながら続けてきた。

「はい。普通に戦えば、C級魔術師でさえ討伐が可能でしょう。──ですが、電子機器の中に自在に侵入し、それを暴走させる権能を備えているため、この現代社会においては最悪の一つに数えられる危険度を持つのです」

「それって、つまりエデルガルドは──」

「……ええ。鴇嶋喰良が復活させた〈グレムリン〉によって操られているような状態にあったのでしょう。もっと早くに気づくべきでした」

黒衣の言葉に、喰良が「あっちゃー」と舌を出した。

「バレちゃいましたかー。でも、まあ──」

そして、ニッと口元を笑みの形に歪《ゆが》める。

「それがわかったところで、もうお終《しま》いみたいっすけどね」

「……！　ヒルデさん……！」

無色は喉を絞るように叫びを上げた。

──ヒルデガルドが、限界を迎えたように、その場に膝を突いたのである。

「──、──、──」

どこかで、誰かが、何かを言っている。

ぼんやりとした意識の中、ヒルデガルドはうっすらと目を開けた。

目の前には、ノイズがかかり崩れかけた操作パネルが、そしてそのさらに先には、〈グレムリン〉の特徴を露わにしたエデルガルドの姿があった。

「ああ……やっぱり……」

――このような悪事を働いたのは、エデルガルドの意思ではなかった。

それを認識すると、じわりと心に安堵《あんど》が広がっていった。

そしてそれと同時に、エデルガルドの忘れ形見を利用されたという、底知れぬ怒りがわき上がってくる。

けれど、もはやヒルデガルドに、それを形にする力は残されていなかった。シルベルの力を借りているとはいえ、限界を超えた演算は、脳に深刻なダメージを刻んでいたのである。

エデルガルドのブロックが消え、ヒルデガルドのブロックが積み上がっていく。

否《いな》、もっと正しく言うのなら、それが天井に達するより先に、周囲の景色がノイズとともに薄れ、元あった王の間の床が覗《のぞ》き始めていた。――第四顕現を保つことさえ難しくなっていたのだろう。

ヒルデガルドの第四顕現と、エデルガルドの作った王の間。

二つの景色が斑《まだら》に入り交じった奇妙な光景を見て、ヒルデガルドは思わず笑ってしまった。

二人の作った世界が合わさる様は、かつて二人で一緒に作ったゲームのようだと思えたのである。

……今思ってみれば随分と粗い作りのものだったけれど、あのときは楽しくて仕方なかった。二人ともそれぞれこだわるポイントが異なったため、意見がぶつかることも多かったが――

(でも、絶対、――――は必要だよね)

「――――」

不意に頭の中に、そんな声が響いてきて、ヒルデガルドは小さく息を詰まらせた。

それは、かつて交わしたエデルガルドとの会話だった。

ああ――そうだ。ゲームに対する趣味嗜好《しゅみしこう》の異なる二人だったけれど、不思議と合致することもあったのだ。それから何本か二人でゲームを合作したが、『それ』だけは、欠かすことなく実装していた。

それを思い起こすと同時、ヒルデガルドの唇は、半ば無意識のうちに動いていた。

「……セレクトを押しながら……←《ひだり》……、↑《うえ》……、→《みぎ》……、↓《した》――」

長い髪の先端が、斑になった景色を抜け、王の間に接続される。

ヒルデガルドの意思が、『アルジェント・ティルナノーグ』に入力されていく。

「――は――？」

そこでヒルデガルドの行動に気づいたのだろう。半獣と化したエデルガルドが、怪訝《けげん》そうに声を上げてくる。

だが――遅い。ヒルデガルドの脳は既に、幾度となく繰り返したボタンの配列を入力していた。

「――A、X、Y、B……、――A――」

瞬間――

「な……⁉　なんだ、これは……っ⁉」

エデルガルドの狼狽《ろうばい》じみた悲鳴が、辺りに響き渡った。

「……！　一体、何が――」

ボロボロに崩れかけた第四顕現の中、無色は驚愕《きょうがく》に目を見開いていた。

その場にくずおれたヒルデガルドが何かを呟《つぶや》いたかと思うと、突然エデルガルドが苦しみ始めたのである。

「ぐ、ァ……、貴様……一体、何をした……！」

エデルガルドが身を捩《よじ》りながら、ヒルデガルドを睨《にら》み付ける。

するとヒルデガルドが、ゆっくりと顔を上げた。

「……ふ、ふ……、隠しコマンドのロマンは……滅亡因子には、わからないかな……？」

「隠しコマンド……だと……!?」

エデルガルドが愕然《がくぜん》とした表情を作る。

ヒルデガルドは、ふっと笑いながら続けた。

「やっぱり……操られてても……ちゃんとエデルのＡＩだ……。形や目的はどうあれ……エデルの作ったゲームに、隠しコマンドが実装されてないなんて、あり得ないもんね……」

そしてそう言って、虚空《こくう》を叩くように指を動かす。

「管理データに……アクセス……、管理権を……ヒルデガルド・シルベルに移譲……」

「やめ――」

「指令《コマンド》――『拒絶《リジェクト》』……！」

エデルガルドの制止も聞かず。

ヒルデガルドは、手を握りしめた。

「――――――！」

瞬間、金切り声とともにエデルガルドの身体《からだ》が眩《まばゆ》く輝いたかと思うと、そこから、角の生えた狐《きつね》のような獣が弾き出された。

最弱にして最悪の神話級滅亡因子《マイソロジア》〈グレムリン〉。その真の姿である。

「……お姉ちゃんパワー……全開……！」

ヒルデガルドが、血の滲《にじ》んだ双眸《そうぼう》を鋭くし、再度操作パネルに髪を接続する。

すると、瞬《また》く間に〈グレムリン〉の背後にブロックが積み上がっていき――

電子の獣は、甲高い声のみを残して消滅した。

「……よっ……しゃあ……」

それを見届けると同時、ヒルデガルドが満足げに笑い、その場にくずおれる。彼女の形成した第四顕現もまた消え去り、周囲が完全に王の間へと戻る。

「ヒルデさん！」

言うが早いか、無色はヒルデガルドの元へと駆け寄った。ぐったりとしたその身体を抱き起こす。

するとそれに合わせるようにして、ヒルデガルドの身体が淡く輝き、シルベルが分離した。ヒルデガルドの装《よそお》いが元のものに戻る。

「――心配いりませんよ、むっくん。既に回復《リペアー》プログラムを施しています。じきに回復するでしょう」

「……ん……」

シルベルの言葉を裏付けるように、ヒルデガルドが小さく頭を揺する。無色はほうと安堵の息をついた。

と、そこで後方から、何やら激しい音が響いてくる。

見やると、瑠璃《るり》が第二顕現を発現し、喰良《くらら》に斬りかかっていた。

「んもー、ルリリンたら相変わらず戦闘民族ぅ。せっかく勝ったんですから、もうちょっと余韻を楽しんだ方がいいんじゃないっすかー？」

「黙りなさい〈ウロボロス〉！　ここで息の根を止めてあげるわ……！」

「にゃっはっは、そいつは無理な相談っす。何しろ不死身がウリなもんで」

喰良は戯《おど》けるように言うと、瑠璃の猛追を避けるように後方へ飛び退《と の》き、無色たちに視線を向けてきた。

「さぁて、残念ながら今回はアタシ様たちの負けみたいっすね。うーん、最弱の神話級に最強のＡＩ、面白い組み合わせだと思ったんすけどねー。まあ仕方ありません。涙を呑《の》んで退散します。――むしピたちも早く逃げた方がいいっすよ。〈グレムリン〉が消えたってことは、『ここ』ももう長くは保《も》たないと思いますから」

「え――？」

無色《むしき》が目を丸くした、まさにその瞬間であった。

凄《すさ》まじい震動があたりを襲ったかと思うと、『見えざる城』が崩落し始めたのである。

「な……！」

「おおっと、言ったそばから。うんじゃま、クララっしたー」

軽い調子で喰良が言って、手を振りながらその姿を消す。一瞬あと、そこに蒼炎《そうえん》の刃《やいば》が突き刺さった。

「ち……逃がしたか」

と、瑠璃が忌《い》ま忌《い》ましげに眉を歪めると同時、先ほど無色たちがやって来た階段から、丸っこいシルエットがふよふよと浮遊してくるのが見えた。――〈黄昏《たそがれ》の街衢《がいく》〉の学園長、志黄守《しきもり》のアバターだ。

『――ボスを倒シタようだナ。よくやッた。だが、時間がナい。急いでログアウトしロ。城だけでハない。このゲームそのモのが崩壊を始めてイる』

「なんですって……!?」

無色が狼狽の声を上げると、走り寄ってきた黒衣《くろえ》が志黄守に問うた。

「志黄守学園長。このゲームに囚《とら》われていた他の方々は」

『抜かりナい。既に脱出の手筈《てはず》は整えテいる』

志黄守が固い仕草で答えてくる。黒衣は「さすがです」というように首肯した。

「ならば憂いはありません。我々も脱出しましょう」

「はい――」

と、言いかけたところで、無色は言葉を止めた。

ヒルデガルドが、無色の服をぐっと強く握り締めていたのだ。

「……待って。時間を……ちょうだい。少しだけで……いいから……」

そして、息も絶え絶えといった様子でそう言ってくる。

「あ――」

理由を察した無色は、ヒルデガルドに肩を貸すと、ゆっくりと歩き始めた。

そんな様子に、志黄守が怪訝そうな声をかけてくる。

『何をしてイる。時間がナい。早く――』

「――すみません。少しだけ、お願いします」

無色が言うと、そのただならぬ様子を察したように、志黄守が息をつく仕草をした。

『……三分ダ。それ以上は待テない』

「ありがとうございます」

無色は短く答えると、ヒルデガルドを連れて、目的の場所へと至った。

──力なく床にくずおれた、エデルガルドのもとへと。

「エデル……」

「────」

ヒルデガルドが呼びかけると、エデルガルドはすっと顔を上げた。

「……声紋、認証。ハロー、ヒルデガルド・シルベル。何かご用でしょうか？」

そして、先ほどまでとは異なる、妙に無機的な調子でそう言ってくる。無色は微《かす》かに眉根を寄せた。

「これは……」

「……たぶん、人格プログラムがリセットされちゃったんだと思う。再構築してる時間は……さすがにないかな……」

ヒルデガルドは残念そうに表情を歪《ゆが》め──しかし気を取り直すように言葉を続けた。

「教えて。あなたはエデルの作った自己学習ＡＩね？」

「肯定。私の制作者はエデルガルド・シルベルです」

「……エデルが、あなたを作った目的は？」

「マスターの目的は、電脳世界上に自分を再現することでした」

エデルガルドが答えてくる。ヒルデガルドは微かに眉根を寄せたのち、問いを続けた。

「…………、一体、なんのために？」

「自分の死後、ヒルデガルド・シルベルを一人にしないために」

淡々と発されたその回答に、

「――――」

ヒルデガルドは、言葉を失った。

エデルガルドが、補足するように続ける。

「マスターは、自分の寿命が長くないことを悟っていました。そして、自分の死後残されるヒルデガルド・シルベルのことを案じていました。そのため生前に、生活基盤の確保、魔術師養成機関への加入などを済ませたことが記録されています。

その最後の締めくくりとして、マスターは自分の分身とも言える、自己学習ＡＩの雛形《ひながた》を制作されました」

「あ、あ――」

城が崩落する轟音《ごうおん》の中、ヒルデガルドの短い嗚咽《おえつ》が微かに響く。

いつしか彼女の目には、大粒の涙が溜《た》まっていた。

――嗚呼《ああ》、わかってみればなんのことはない。

天才魔術技師《ソーサリー・エンジニア》エデルガルド・シルベルが、その生涯をかけて作り上げたAI。

それは、世界をどうこうするためのものでも、人類の発展に寄与するためのものでもなく――

ただ愛する人を、孤独にさせないためのものだったのだ。

「マスターより伝言があります。再生いたしますか？」

「…………、お願い」

ヒルデガルドが言うと、エデルガルドの喉から、生前に録音されたと思《おぼ》しき音声が聞こえてきた。

「――ええと、お姉ちゃんがこれを聞いてるってことは、私はもう死んでるのかな。残念だけど、仕方ないね。

でも、一つ心残りがあるの。

それは、お姉ちゃんが自分に自信を持ってくれないこと。

お姉ちゃんは私をすごいすごいって言ってくれるけど、魔術技師《ソーサリー・エンジニア》としての力は、もうとっくに私を超えてるよ。あとは、ちゃんとそれを自覚するだけ。

……いや、私何度も言ってるんだけどね。なぜか信じてくれないみたいだから。

ちゃんと気づいてる？　あのとき魔女さんに言った『天才』って、お姉ちゃんのことなんだよ？」

「…………」

ヒルデガルドが、涙をぽたぽたと垂らしながら、奥歯を噛《か》み締める。

妹の一言一言を、深く胸に刻みつけるかのように。

エデルガルドが、静かに続ける。

「私がいなくても、あんまり夜更《よふ》かししちゃ駄目だよ。

たまにはベッドマットを日干しして。

〈庭園〉の人と仲良くね。

それから——」

エデルガルドは、笑顔を作りながら言った。

「愛してるよ、お姉ちゃん」

――『見えざる城』が、崩れ落ちる。

無色たちは、崩落に巻き込まれる寸前で、ゲームからログアウトした。

終章　巡魂祭《エンディング》

「……ぷっはぁ！」

潜伏場所であるマンションの一室で、鴇嶋喰良《ときしまくらら》は目を覚ました。

未《いま》だ少しぼんやりとする意識を覚醒させるように頭を小突き、身を起こす。

すると傍《かたわ》らに座っていた眼鏡の女性が、手にした漫画から視線を上げてきた。

「あ、喰良さん。おはようございます。終わったんですか？」

「あー……そっか、きりたんの部屋っすね。なんか懐《なつ》かしいっす」

喰良は今、寝室のベッドに横になっていた。隣にいた女性は、この部屋の本来の主・新《あら》井戸霧子《いべきりこ》である。喰良が『死』を奪い、眷属《けんぞく》と化した『不死者』だ。

「らむたんたちは？」

「リビングにいます。さすがに女の子が寝てる場所に男の人がいっぱいいってのもどうかと思ったので……」

「ひゅう、ナイス判断っす。アタシ様これでもアイドル配信者なんで」

「……アイドルの寝顔には見えませんでしたけど……」

「何か言いました？」

喰良が笑顔で首を傾《かし》げると、霧子は「い、いえ……」と視線を逸《そ》らした。

喰良は大きく伸びをすると、ベッドから下り、リビングへ歩いていった。

リビングには霧子の言うとおり、一〇名ほどの魔術《ソーサリー・》技師《エンジニア》たちが控えていた。ダイニングテーブルやソファ、床に、端末を広げた男たちがぎゅうぎゅう詰めになっているのは、なかなかシュールな光景ではあった。

とはいえそれも仕方あるまい。彼らは、今の今までゲームの世界――『アルジェント・ティルナノーグ』の中にダイブしていた喰良のサポート要員だったのである。

「へいらむたん、ぐっもーにん」

「らむたんはやめろっつってんだろ。つか朝でもねえよ」

喰良が言うと、一番近くにいた不死者――秘宮来夢《ひめみやらいむ》がうんざりした様子で言ってきた。

長い金髪に小柄な体軀《たいく》。どう見ても美少女としか思えない風貌と声だが、こう見えて歴《れっき》とした男性だった。

「まあ細かいことは言いっこなしです。――で、首尾の方はどうっすか？」

「……ったく」

来夢は渋面を作りながらも、端末の画面に目をやりながら続けた。

「――大したもんだぜ、実際。さすがは天才技師様の遺《のこ》したAIってところだな。当該封印施設のうちほとんどのセキュリティを突破しちまいやがった。まあ、旧式の魔術のみで封印が施されてるところはさすがに手出しができなかったみたいだがな」

感心したように来夢が言う。喰良はひゅう、と口笛を吹いた。

――そう。それこそが喰良の目的。

魔術技師《ソーサリー・エンジニア》エデルガルド・シルベルが生前作り上げたAIを電子の海の中で見つけ出した〈グレムリン〉は、その力を用いて世界中の電子機器を暴走させる裏で、各地の施設に封印された〈ウロボロス〉の身体《からだ》を奪取する手筈《てはず》を整えていたのである。

「思いのほか〈庭園〉の攻略スピードが速かったもんだから、ブツを全部回収できるかどうかは微妙なトコだったが……誰かさんが時間を稼いでくれたおかげでギリなんとかなったみてぇだ。センサー類も今のところ騙《だま》せてる。連中が気づくのはもうちっと先だろう」

「へっへー、もっと褒めてくれてもいいんすよ？」

「いや集めてんのおまえの身体だろ。協力してんの俺たちなんだからむしろ感謝しろよ」

「あんだとー？　眷属のくせに礼儀ってもんがなってないっすねー？」

喰良はわざとらしく凄《すご》むように言うと、気を取り直すようにコホンと咳払《せきばら》いをした。

「まあとにかく、です。これだけの身体が集まったなら、〈ウロボロス〉の権能もだいぶ蘇《よみがえ》るでしょう。あとは時間の問題っす」

喰良は寝室に居並んだ同胞を見渡すと、ニッと唇を歪《ゆが》めた。

「――さあみんな。〈世界〉を変えますよ」

◇

「ええと……これはどうすればいいんです？」

「魔力を通してみてください。内側の構成式をなぞるようなイメージです」

黒衣《くろえ》に言われた通りに、無色《むしき》は意識を集中させると、手のひらの上に置いた折り鶴に魔力を流し込んだ。

すると、折り鶴がぼんやりとした輝きを帯び、まるで生きているかのように翼を羽ばたかせて空に舞っていった。

「おお……できた」

「ん、上出来。あとは使用魔力を三分の一くらいに抑えられるとなおいいわね」

隣にいた瑠璃《るり》が腕組みしながら言ってくる。無色は「精進するよ」と小さく苦笑した。

と、それに合わせるように、無色の周囲にいた生徒たちの手からも、無数の折り鶴が空に舞っていった。

否《いな》、正しく言うのなら折り鶴のみではない。鳩《はと》、飛行機、風船……様々な形の紙細工が、自らの意思を持ったように飛んでいく。

魂魄灯《こんぱくとう》。先日無色たちが構成式を記した紙で作られた、魔術の明かりである。

そう。『アルジェント・ティルナノーグ』の事件から数日。〈庭園〉では予定通り、死者の鎮魂を願う巡魂祭《じゅんこんさい》が行われていたのである。

時刻は二〇時。〈庭園〉中心部に位置する広場に巨大な篝火《かがりび》が焚《た》かれ、幾人もの生徒や教師たちが集まっている。この祭事のため奔走していた実行委員の緋純《ひずみ》が、疲れ切ったような、それでいてほっとしたような顔をしながら、空を舞う無数の光を眺めていた。

先の事件で甚大《じんだい》な影響が生じはしたものの、滅亡因子〈グレムリン〉が消滅したことで、『外』の被害は『なかったこと』となっていた。幸い騎士たちの活躍もあって、〈庭園〉内にも死者は出ていないとのことである。

「――無色くん、黒衣ちゃん」

と、後方からそんな声が聞こえてくる。

見やるとそこに、ヒルデガルドの姿があった。常に猫背気味でおどおどしている印象の強かった彼女だが、今は心なしかしゃんとしているような気がした。その後方にエルルカやアンヴィエット、サラの姿もある。

「騎士ヒルデガルド」

「それは――もしかして？」

無色がヒルデガルドの手元を見ながら言うと、彼女はこくりとうなずきながら、手にしたものを示してきた。

その、美しく折られた蝶《ちょう》の紙細工を。

「――また来年会おうね、エデル」

ヒルデガルドは優しげに微笑《ほほえ》みながら呟《つぶや》くと、手を掲げた。

すると蝶の紙細工が淡く輝き、銀色の軌跡を残しながら羽ばたいていく。――その儚《はかな》くも優美な様は、王の間でまみえたエデルガルドの姿を彷彿《ほうふつ》とさせた。

一際《ひときわ》美しいその魂魄灯に、周囲の生徒たちから感嘆の声が漏れる。ヒルデガルドが少し恥ずかしそうに笑った。

「……改めて、ありがとう、無色くん」

「え？」

「エデルのＡＩと話をしろって言ってくれて。おかげでなんだか……いろいろと吹っ切れた気がする」

「いえ、俺はそんな……」

無色が言うと、ヒルデガルドは優しげな顔で続けた。

「……もう、言わないよ。もしも私じゃなかったら、なんて。それはエデルの思いを無駄にすることになっちゃうと思うから」

「ヒルデさん――」

無色が感慨深げに言うと、そこにいた瑠璃や、珍しく黒衣までもが、ふっと頬を緩めた。

と、そこで瑠璃が、何かを思い起こすように声を発する。

「でも、不思議な話ですよね。エデルさんがAIに自分の記憶と思考パターンを自動学習させてた理由はわかりましたけど、同じベースで作られたはずのシルベルは、なんでヒルデさんとあんなに性格が違うんでしょう」

「それは……確かに。やっぱり私何か変なことしちゃったのかなぁ……」

と、ヒルデガルドが言った瞬間、

『それは聞き捨てなりませんね～？』

皆の前に、ヒルデガルドそっくりの女性が姿を現した。

「わっ！」

「し、シルベル……姉さん」

無色たちが驚愕《きょうがく》の声を発するも、シルベルは構わず言葉を続けてきた。

『私の記憶及び人格プログラムは、間違いなくひーちゃんのものをベースにしています。ちゃんと寝ているときに脳波スキャンもしましたし』

「え……っ、そ、そんなことしてたの……？」

ヒルデガルドが青ざめた顔で頭を押さえる。どうやら知らなかったらしい。

しかしシルベルは、悪びれる様子もなく腕組みした。

『もちろんある程度の取捨はしていますが、私の言動及び性格は、少なくともひーちゃんの深層意識下に存在するものであるということです。まあこの場合、憧れや願望も多分に影響していると思いますが』

「憧れや願望……」

「これが理想の自分の姿ですか、騎士ヒルデガルド」

「ぬっ、濡《ぬ》れ衣《ぎぬ》だぁ……！　こんなトンチキな姉馬鹿に憧れなんて――」

ヒルデガルドがたまらずといった調子で叫ぶと、シルベルが不思議そうに首を傾げた。

『でもひーちゃん、ずっと「お姉ちゃん」って呼ばれたがっていたじゃありませんか』

その、言葉に。

「――」

ヒルデガルドは、驚いたように目を丸くすると――

「…………、ああ、そっか。そうなのか。私は――」

やがて細く息を吐いて、ふっと顔を上げた。

その視線の先を、銀色の蝶が飛んでいた。

それ以上言葉を続けるのは無粋と思ったのか、シルベルがくるりと身を翻《ひるがえ》し、広場に集まった生徒たちの注目を集めるように宙に舞い上がる。

『――さて、親愛なるブラザーズ＆シスターズ。魂魄灯は浮かべましたか？　旅立った友に安寧を。在りし日の同胞に休息を。――愛する家族に感謝を。巡魂祭の、始まりです』

シルベルが宣言した瞬間、広場の中央に焚かれていた篝火が膨れ上がった。

どうやらそれは本物の炎ではなく、魔術で形作られたものだったらしい。白い輝きを放ちながら、天に向かってまっすぐに伸びていく。

そして無色たちが飛ばした魂魄灯が、その白い光の柱の周りを螺旋《らせん》状に巡りながら、天へと昇っていった。

「わぁ――」

あまりに幻想的な光景に、思わず目を見開く。

　無数の輝く紙細工たちがゆっくりと飛んでいく様は、ひとときの間現世《うつしよ》に戻ってきた霊魂が、幽世《かくりよ》に還《かえ》っていくかのようだった。

「すごいですね、これは……」

「ええ。祭事というのは見た目のインパクトも重要な要素ですから――」

　言いかけて、黒衣が小さく首を横に振った。

「いいえ、無粋でした。忘れてください」

「あはは……でも、わかりますよ。鎮魂の儀式は、まだ生きている人のためにあるって言ってましたもんね」

「ええ」

　黒衣はそう言うと、無色にしか聞こえないくらいの声で続けてきた。

「――わたしは、今まで数多《あまた》の人を見送ってきた。力及ばず助けられなかった命、未来のために礎《いしずえ》となった命……様々だ。もしかしたら、盛大な祭事を行うことで、己の罪悪感を少しでも誤魔化そうとしているのかもしれない」

　彩禍《さいか》本来の口調で、そう言ってくる。

　そのもの悲しい声音に、無色は微《かす》かに眉根を寄せた。

「そんなこと……」

「……すまない。誰にも見送られることのないわたしの戯《ざ》れ言《ごと》だ。——いや、本来の身体《からだ》が君と融合している今ならば、もしかしたら可能なのかもしれないがね——」

「…………っ」

無色は思わず黒衣の手を握っていた。

黒衣の——彩禍の言葉を聞いた瞬間、彩禍の寿命のことが頭を掠《かす》めたのである。

「……っ、無色……？」

「そんなこと、させません。俺が、必ず——」

彩禍はきょとんと目を丸くしていたが、周囲の注目を集めてしまったことに気づいてか、やがて黒衣の口調で言ってきた。

「どうしました、無色さん。——何かありましたか？」

「あ……いえ、すみません……」

無色は慌てて手を離すと、視線を逸《そ》らした。

そんな無色を不思議に思ってか、黒衣が顔を覗《のぞ》き込んでくる。

全てを見透かすような目に見つめられ、無色は気まずげに息を呑《の》んだ。

と、そんなときである。

その場の空気を裂くように、無色のポケットから軽快な着信音が鳴り響いたのは。

「無色《むしき》さん、祭事中はマナーモードにしておくものですよ」

「す、すみません……おかしいな、ちゃんと切ったと思ったんですけど……」

無色は慌てながらポケットを探り、気づいた。

音を鳴らしていたのは、普段使っている〈庭園〉支給のスマートフォンではなく——無色が『外』にいた頃使っていたものだったのである。

たまに『外』の知人から連絡が来ることがあるため、今も念のため携帯していたのだ。

無色は通話ボタンをタップすると、声を潜めてスマートフォンを耳に押し当てた。

「はい、もしもし——」

『……もしもし。無色？』

するとと電話口から、聞き覚えのある女性の声が聞こえてくる。

『……今、一体どこにいる？』

「え……？」

『……家に行ってもずっと留守だし、学校に問い合わせたら、数ヶ月前に転校したと言われた。一体、どこで何をしている？』

「そ、それは……」

無色が口ごもっていると、そんな様子を察したように、黒衣《くろえ》が小声で尋ねてきた。

「どなたです？」

「…………………、姉です」

無色が答えると、黒衣は驚いたように目を丸くした。

「お姉さん、ですか。ですが不夜城《ふやじょう》家の人間は――」

「あ、いえ、そっちじゃなくて……」

と、無色が答えようとしたところで、電話口から怪訝《けげん》そうな声が聞こえてくる。

『……無色？　聞いているのか』

「や、き、聞いてるよ」

『……そうか。なら質問に答えろ。一体どこにいる？　学校はどうした？　それと――』

電話口の相手は、静かに続けてきた。

『――久遠崎《くおざき》彩禍という女を殺そうと思うのだが、紹介してくれるか？』

「え――」

その言葉に、無色は、思わず声を失った。

あとがき

お久しぶりです橘《たちばな》公司《こうし》です。『王様《おうさま》のプロポーズ6　銀灰《ぎんかい》の妖精《ようせい》』をお送りしました。いかがでしたでしょうか。お楽しみいただけたなら幸いです。

さて今回はヒルデ回となりました。ゲームの中でわちゃわちゃする話は前からやりたかったので楽しかったです。実は作者はネガティブキャラがわりと嫌いではなく……というかどっちかというと好き寄りで……いえすみません大好きですはい。なんだか気づいたときには、他にもいろいろと自分の好きな要素を詰め込んだ欲張りセットみたいなキャラになっていました。それに加えて妹キャラに七色の彩禍《さいか》バリエーションと、盛り盛りの一冊でございます。個人的にゲーマー彩禍が胸に刺さって抜けません。ひん。

ここで告知を。作画：栗尾《くりお》ねもさん、構成：獅子唐《ししとう》さんによる、コミック版『王様のプロポーズ』３巻が、先月発売いたしました！

コミック版は全編素晴らしいクオリティなのですが、特に今回収録されている第一一話の演出が、最初から最後までキレッキレで、媒体の違いによる視覚効果を存分に体験できました。是非チェックしてみてください！

そして、別作品の告知となってしまい恐縮ですが、テレビアニメ『デート・ア・ライブ

V』が、二〇二四年四月一〇日より放送中でございます！

よもや澪《みお》編がアニメで見られようとは。放送開始日が四月一〇日なのも心憎い演出です。

こちらも『王プロ』チーム原作となっておりますので、是非併せてどうぞ！

さて今回も、たくさんの方々のおかげで本を出すことができました。

イラストレーターのつなこさん、デザイナーの草野《くさの》さん、担当氏。いつも大変お世話になっております。素晴らしい仕事をありがとうございます。

編集、出版、流通、販売など、この本に関わってくださった全ての方々、そしてこの本を手に取ってくれたあなたに、心よりの感謝を。

次は『王様のプロポーズ』7巻でお会いできると幸いです。

二〇二四年三月　橘　公司

富士見ファンタジア文庫

王様《おうさま》のプロポーズ6
銀灰《ぎんかい》の妖精《ようせい》

令和6年4月20日　初版発行

著者――橘《たちばな》　公司《こうし》

発行者――山下直久
発　行――株式会社KADOKAWA
〒102-8177
東京都千代田区富士見2-13-3
0570-002-301（ナビダイヤル）
印刷所――株式会社暁印刷
製本所――本間製本株式会社

ISBN978-4-04-075342-3 C0193 ◇◇◇

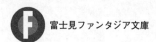

切り拓け！キミだけの王道
ファンタジア大賞
原稿募集中！
賞金
《大賞》300万円
《金賞》50万円
《銀賞》30万円
選考委員
細音啓「キミと僕の最後の戦場、あるいは世界が始まる聖戦」
橘公司「デート・ア・ライブ」
羊太郎「ロクでなし魔術講師と禁忌教典《アカシックレコード》」
ファンタジア文庫編集長
前期締切 8月末日
後期締切 2月末日
公式サイトはこちら！ https://www.fantasiataisho.com/
イラスト／つなこ、猫鍋蒼、三嶋くろね